那个下午你在旧居烧信

我的复刻青春

李佩珊 著

上海三联书店

序一

阅读和创作，本是相辅相成——从阅读中吸收养分，藉创作确立自己的所见所想，为别人带来启发，从而让知识深化广传。年轻人创意无限，对世界往往有独到的见解，新鸿基地产透过「新阅会」推广阅读，而当中的「年轻作家创作比赛」，特别鼓励青年踏出创作的第一步。

由新地与三联书店合办的「年轻作家创作比赛」，自二〇〇六年举办以来，至今五届共收到逾七千五百份参赛作品，当中有四十一位青年作家脱颖而出，出版了首部个人著作。今届，比赛更扩阔地域，由香港及内地延伸至澳门及台湾。两岸四地共收到二千多份参赛作品，内容各具特色，香港参赛者创意无限；而内地的年轻人文字功夫紮实，作品具历史传统色彩；至于台湾的作品就充满本土情怀及文化气息；来自澳门的作品则尽见小城地道风貌。虽然风格和题材迥异，但各地年轻人都拥有同一样的创作热诚。今届，我们更喜见不少千禧后的参赛者，而优胜者当中最小的更年仅十三岁，证明阅读及写作的文化能够薪火相传。今届参赛作品的形式或题材，种类都非常丰富，有小说、散文，以至绘本，以崭新的角度及多样化的笔触，刻划各地的人文风景，字里行间更勾划出年轻人眼中的世界，令我们了解他们的洞见与思维。

创作是一个历炼与反思的过程，我们期望年轻人不但要多阅读汲取知识，更鼓励大家在整理当中的所思所想后，撰写成文甚至成书。今天网络联系日益发达，与透过阅读传承知识的力量起着相辅相成的作用，年轻作家们不妨多利用网上媒介，推广自己的新书之余，更可实时与各方交流，汲取意见。

藉此感谢合作伙伴三联书店积极统筹比赛，亦感谢两岸四地的一众专业评审，为新晋作家提供宝贵意见及亲身指导，令他们的作品更臻完美。冀望优胜者以今次出版的第一部作品为起步，继续发展创作事业，也希望有更多年轻人交流阅读及生活体验，广传阅读风气，以生命影响生命。

新鸿基地产主席兼董事总经理郭炳联

序二

俗语说：十年磨一剑。

当一件事持之以恒，努力不懈地坚持十年，纵没有大成，想必也有小成吧！

三联书店与新鸿基地产合作的年轻作家创作比赛，不觉已办了五届，至今刚好十年。我认为它的价值不仅仅在于发掘了多少位新晋作者，又或参赛区从香港扩展至内地，以至台湾及澳门；而是在于它提倡的一种创新精神，自由意志，及现代鲜活的表述方式。参赛者不拘一格，不须理会市场，随心出发，用自己擅长的体裁，向内心世界及时代进行探索，因此屡屡为我们带来惊喜！

当然，比赛结果之所以让人期待，与一众出色的跨界创作人评审团的慧眼是分不开的。他们从数以千计的作品中，筛选出具潜质的作品，并透过个别辅导，耐心培育。然后再由编辑、设计等专业团队进行细致打磨，让获奖者得以尽情发挥。

本届在「发现」的主题下，我们看到获奖者的题材同样精彩纷呈，既有百年中国的图像解读，半纪实的台湾原住民小说，为动物生存状态发声；也有个人与时代的青春记忆，香港新移民的身份认同，同志爱的艰难处境，徘徊生死的病人自省，以及洁癖者的世界。在此预祝他们的心血之作，能获得读者的喜爱！

最后，我想感谢新鸿基地产十年来对本计划的投入与支持，不但为出版业界发掘新人，也为创意带来一阵清风！

三联书店（香港）有限公司总经理李家驹博士

前言　狐狸、刺猬和蛋

「狐狸知道很多的事，刺猬则知道一件大事。」

以赛亚·伯林（Isaiah Berlin）在他一九三五年出版的《刺猬和狐狸》（The Hedgehog and the Fox）中，引用这句古希腊的诗句，借此来把写作者分为两种类型：「刺猬型」与「狐狸型」。

「刺猬型」的写作者，往往目光专注，从一业而终之，长于精深的思索，从而提出原创性的观点，勾连创建框架，建立新的思想谱系。「狐狸型」的写作者，往往爱好宽泛，兴之所至，笔力所及，留下一连串可以追踪他思想历程的足迹，每每眼光独到尽得风流。

「刺猬」注定是少的，虽在冥冥之中改变了世界，身前生后，也总要承受知音难求、寂寞如许的宿命。「狐狸」注定更受注目和欢迎，也把「刺猬」艰深的智慧洒向了更多的人，功德无量，却难免流于散漫，失之厚重。

不论成为「刺猬」，还是成为「狐狸」，毕竟都需要恒久的修炼。

写这本东西的我，尚未够得上资格谈论「是刺猬」还是「是狐狸」。黄渤在电影里骂得好：「九十后也那么怂。」到底也不敢自我估量一番，是想成为「狐狸」呢，还是想成为「刺猬」。

唯一可以自我安慰或者说是自我欺骗的是：我只有二十岁，我还年轻。蛋在孵化之前，没有人知道里面或许压缩塞下了一只恐龙，还是空空荡荡一无所有，所以来日方长。

正如这些年中，与大多数同龄人一样，以蛋的姿态并列在红旗下，蜷缩在圆壳中，舒适自得，理直气壮。

蛋都是椭圆的，就像我们的面目，相近且模糊，带着同一种的满足的微笑。我们都是春天的花朵，生长在春天里，相似和模糊，谁说不是幸福的象征呢？

幸福者都是怠惰的。破壳而出，太费气力，也并不能达到世俗意义上的live better。况且，壳是束缚，也是保护。

坦诚地说，直到现在，我仍在我的壳中。或许在写这本书的过程中，有几个刹那，我曾以为它出现了裂痕，但终究在这与生俱来的壳中，不自知地画地为牢，受其操控。「人生而无往不在枷锁之中」，先贤说道。

正如用你所反对的话语体系本身，去攻击建造在这其上的一切事物，或许是天真，却难逃愚蠢，掉进了陷阱之中。每个时代都会有自己的时代病，激情万丈如尼采，大声宣布说：「在自己的身上，克服这个时代。」这句话在不久前流传一时，但当你在自己身上完全克服了这个时代的时候，你就已经完全杀死了你自己。

而「发现」在大多数情况下，不过是伪命题。「太阳底下，并无新鲜事」，黄子平先生说，历史并不重复，但总会押韵。

试图逃离，总归是无效的。但并不意味着转而全心全意地拥抱。

◇

「绝望之为虚妄，正与希望相同。」之前的世界也并不太好，也总有人抵抗着时代洪流选择「减熵」[1]，也总有人向着山穷水尽柳暗花明处去，他们曾经存在的事实，让心中的希望不至于幻灭。

现在的世界也并不太坏。在彼此无限接近的灰蒙蒙的壳之下，总有一些内里的闪亮，是遮不住的。正如有些鸟，是难以被笼子关住的。

于是在这些文字中，我努力把这些闪亮记录下来。与其说是我发现了他们，不如说在一片灰暗中，我受到了他们的感召，驱动我把他们载以纸笔。至于这一切对于他人有无意义，其时的我并不在意。

◇

我们这一代，越来越多的人，生而在水泥森林构筑成的城市之中，与之相对应的，是无限接近相似的成长经历，和统统由几点一线构成的生活。地域的差异无限缩小，正如那些如同一个模子倒出来的无数个或大或小的城市，现世生活如些泄了气的皮球一样干瘪。而「电视人」不再成为新生事物，大部分人如蜘蛛一样挂在同一张叫 Internet 的网上，我们最值得严肃讨论的生活环境，是曾经最为虚幻，现在却最为坚实饱满的「全媒介环境」。

很天真的想法是，作为或许在「全媒介环境」下成长起来的第一代人，通过自己的书写，为这个时代，留下些许记忆的脚注。

这些文字的大半部分，试图按照传播学的体例排列，从大众传播、人际传播、自我传播，再到群体传播，滑稽大过于庄重，虽然本心确实是要依靠其构建起这部书稿的体系，但显然有些看得出的吃力。大众文化作为所要说明的「全媒介环境」的生态构成，是一直不变的切入点，我所关心更多却只是文化现象，一方面是水平所限难以深入；另一方面，比起文本真正所要表达的「内容」来说，阴差阳错的「现象」，或许是我更感兴趣的。

假若理直气壮一点，把这视为我「发现」的过程的话，在这些文字中我所做的，或许不过是「东张西望，一无所长」，如万能青年旅店在《十万嬉皮》中所唱的那样。唯一值得骄傲的是，或许尽量做到了不虚构现实，也不敌视远方，也就是说，尽量真诚。

Malingcat 老师评论波斯纳（Richard A. Posner）定义的今日的「公共知识分子」，说道：

---

1 减熵：王小波在《我为什么写作》中介绍，热力学中有「熵增原理」，指一个孤立系统总是自发地趋向于熵增；引伸到社会学可以理解为：顺潮流而动是「熵增」，反其道而行之则是「减熵」。

「这些人常常非常真诚、非常自信，也非常愚蠢。」当一切坚固的东西都烟消云散之时，越是真诚，或许越是愚蠢。我所说的每一句，或许也都是错误的，而仍有所期望的是，当有人因为一个感兴趣的点，偶然翻到这些文字的时候，能在其中发现另一些他本来陌生（甚至抵触），却其实能够从中发现趣味，甚至挖掘出更深意义的点，那么在这个看似多元实则单向度的、只会越发激化刻板印象和偏见的世界里，我便做了一点点有意义的事。

◇

不可避免的，还是要谈谈写完这些文字之后的事。

书写的过程，归根到底，不过仍是抵达自己的过程，这兜兜转转绕了一大圈的「发现」的过程，也是如此。

「认识你自己罢」，然而我仍未打定主意、下定决心，是要用余生努力成为一只「狐狸」呢，还是一只「刺猬」。

在这个过程中，最大的得益，或许同样是由一些本就感兴趣的点，在梳理写作的过程中，逐渐发现了另一些未曾涉足过的点，越发觉得，想要在有生之年，落于纸笔的东西，越来越多，这于我来说，弥足珍贵。

我逐渐由只对歌词或词人的喜爱，到不得不开始正视唱片工业的存在。也正如在《红磡：

九四，〇四》中初步写到的，我最希望的是，在我对流行音乐和文化、社会、政治有更全面的认识之后，或许能够如张铁志老师的《声音与愤怒：摇滚乐可能改变世界吗？》《时代的噪音》一样，能够对尚被文化谱系忽略的二十一世纪的摇滚或是民谣，以及两岸三地华语音乐之间的相互影响，有所书写。

「我愿意成为一种声音，对于那些失去声音的人。」玛丽·艾伦·马克（Mary Ellen Mark）曾说。在这个众声喧哗的时代里，我所希望只是，在所有顺风而呼的声音之外，能作为另一种细微的声音，虽然注定会淹没在声浪里，但这是我唯一的使命。

第一章 那个下午 你在旧居烧信

现代性进程是无法逆行的单向车道，于是在同一只鱼缸中的我们，所有人的生活经历和感受，都一样越来越匮乏，或是趋向同一。网络的出现，却让获取他人经验从未有过地轻易。于是我们浸泡在一个由经验和情绪构成的世界里，不得喘息，也只有利用它们，填补脑中缺氧的真空。

就像曾经出现过的「愤怒的一代」、「迷惘的一代」一样，我们成长为「经验的一代」、「情绪的一代」。在由网络堆积而成的越发浩瀚的他人经验库中，手中的键盘和鼠标赋予我们选择的权力。选择搜寻，选择接触，选择吸收。隐藏在ID下的看似自主的话语权看似无限地放大。我们开始只看我们想看的，只说我们想说的，「情绪」取代了以往编织经验的理性，「刻板印象」或偏见被无限放大，在通往单向度的道路上，成为了指引的路标。

'Were just two lost souls swimming in a fish bowl, year after year. Running over the same old ground. What have you found? The same old fears.' Pink Floyd 在 Wish you were here 中唱道。

在《我的「复刻」青春》这节里，谈的是「复刻」；《从周耀辉，到……》，则说的是刻板印象；至于《人和时代的缠绵》，则是一场试图跳脱出来的尝试，以特稿的形式，回溯文化现象，努力去看清传播挟裹大众的时代洪流。

我的「复刻」青春

「从头重拾身边琐碎／从头重拾某印象／从重重叠叠的光影里／从从来没有两样那花香的记忆」——达明一派《那个下午我在旧居烧信》

「巴黎烧了么？」一九四四年八月二十五日，希特勒问德军参谋总长约德尔。

我只知道，达明一派的信，确实无疑地烧了，烧在那「即倒的故居」，烧在摇摇欲坠的二十世纪末。

黄伟文说：「没有了达明一派，我的八十年代并不成立。」

达明一派成军于一九八五年。一九九〇年，推出分手前最后一张专辑《不一样的回忆》，《那个下午我在旧居烧信》，便是其中的一首曲目。

从世纪末的十周年复合（一九九六），到二十一世纪初的二十年重聚后，宣布再不复合（二〇〇六），达明一派分分合合，而精魂毕竟是留在了上个世纪末。

◇

歌，是写给更多人的信。只是不同的是，达明把信写在磁带上，而后，又把它写在CD上。

那时候，还是九十年代。很多人第一次听说达明一派，是在各地学校附近的音像小铺里。一张密密麻麻的名单摆在桌上，上面都是可以翻录的专辑，见到心水的，便可让店主当场翻录。而当作母带供翻录的磁带，大抵也不是正版的——或许是走私进来的，或许本身也是翻录的。而「复刻」，则是把翻录说得好听一点的说法。

后来，「达明一派」开始分分合合；再后来，磁带成为了旧日风物；最后来，VCD 也成为了陌生而疏远的记忆。Internet 出现，金手指轻轻一挥，整个世界都发生了翻天覆地的变化。

P2P 出现，改变了人们分享的方式。在二〇〇七年，那时的网络资源并没有现在丰富，法规如同白纸待设，但那也是人们最欲彰显互联网分享精神的草莽江湖。人们都因为，或是自以为因为相同的爱好相聚，他们认为分享本身也是交往的一部分，人们把自己拥有珍爱的书籍资料扫描打包上传，热衷于自力更生汉化各种外语资源。

他们也抓取自己收藏 CD 的音轨，将 FLAC 原轨或 320kbs 的高音质资源打包压缩，通过没有超过 100kb 的网络滴水穿石般地上传。这些游荡在虚构江湖中乐善好施的侠士，仍旧保持着他们年少时的（确是来自于上个世纪的）喜好与品位，他们喜欢崔健黑豹唐朝，也喜欢罗大佑李宗盛张国荣，「排名不分先后左右忠奸」，当然，他们也喜欢达明一派。

◇

小城市文化资源匮乏，至今只有在一家名叫「吴越」的书店可以买到这个城市唯有的几本当期《看电影》。虽然在当时已经可以通过亚马逊、当当网网购图书，但作为没什么零花钱的初中生，总是囊中羞涩。当初，在要上初中的那个穷极无聊的暑假，不再满足于看了又看的《哈利波特》前五部，打发时间看完了家父在电大中文系时遗留下来的教材，继而在之后的日子里百无聊赖地翻遍了家中存留的那几麻袋纸色发黄的《中篇小说月刊》与《花城》。

在那个寒假里，家里有了第一台台式计算机，之前在表哥的计算机玩得不亦乐乎的《文明帝国》和《世纪帝国》久玩之下也渐渐让人厌倦，于是开始尝试在网上瞎逛。之前的乱翻书让我对文学充满了好奇，但最先接触的「榕树下」和「红袖添香」似乎太过于矫情，而起点中文网在那时候就充斥着 YY 一切的文章，稍微涉猎便勇于 Alt+F4。

所幸那时候的电子书资源已经是「前人栽树，后人乘凉」，一般销售尚佳的书籍的 TXT 和高清扫描版 PDF 在网络上总是不难找到的。我仍清晰地记得，用记事本打开的第一本小说，是《挪威的森林》，毕竟那正是村上春树在中文网络中最为红火的年代。再之后，在我软磨硬泡百般央求下，有了人生中的第一个电子设备——MP4（与九十年代央求家长买随身听的借口同出一辙——为了学好英语）。偷偷在被窝里看 MP4 的岁月，和前辈们打着手电筒在被窝里看大部头武侠小说一样，同样是激情燃烧的岁月。

P2P 资源分享区是常去晃荡的地方，分门归类好的资源总是让人心生愉悦，扫描版 PDF 和 FLAC 格式的音乐，大都是在那下的。况且，在当时，并没有比这里资源更多更新，也更让人有和他人交流的感觉的地方了。

出于初入宝山的仓鼠般的囤积癖，也由于坑爹的网速，你总会想挂着下载直到世界尽头，于是总会开着 eMule，日夜不停地下载东西（当然，这只能发生在假期），大大谋杀了硬盘的寿命。对专辑的选择标准很简单：APE 格式，封面有趣，精选集为佳，不要烂大街。但不怎么涉猎英文歌，不太听得懂。于是，港台乐队莫名其妙成为了遭我荼毒的重灾区。也是在这里，我第一次听到了达明一派。在某块已经死去的硬盘的档案夹里，是否还有「达明一派.-.[达明.Reunion.].专辑.(ape)」的文件包呢？我已经记不清楚。我只依稀记得，封面上左侧的黄耀明西装革履，官仔骨骨，抱着婴儿冲着镜头笑；而右侧的刘以达装成阿 sir，拿着手提电话低头听，手上抱着鱼缸，鱼缸里乱撞的金鱼凝在了瞬间。

◇

「人不能两次踏入同一条河流」，但爱丽丝总能不断跳进不同的兔子洞。

不久之后，我又跳进另一个名为「公共论坛」的兔子洞。Web2.0 时代，是公共论坛的全盛时代，那时候还没有 Facebook、Twitter，更没有微博，功能更为聚合的社区形式的网站也还羽翼未满，豆瓣和百度贴吧正在蹒跚学步，唯有个人博客遍地开花尚且可以与之一战。

时常逛的是天涯的几个版，最先去的是「娱乐八卦」。这版的名字，或许略显低俗。更不能否认，在彼时「水军」和小广告就开始攻城掠地，但总会在版面上看见一些非常有趣且颇有含金量的帖子，这便足够。

一般而言，这些发帖人分享自己感兴趣的东西，或是一些野史钩沉，或是一些冷僻的知识，「都是硬通货」，但总带着公共论坛插科打诨的语气，标题也总要抖抖机灵洒一洒狗血，却也比正常行文更为活泼有趣一点。另一看点，则是楼里众多跟帖人的互动，拍砖者引起唇枪舌剑，一来一往，煞是好看，算不上百家争鸣，但也「让真理越辩越明」，虽然在更多时候，是「将水越蹚越混」。

刚开始，是乱入。论坛上发帖的主力军，自然是年华正茂的七十后八十后。他们在社会中也风头正劲，自然也能够成功把握虚拟世界的话语权。他们披着马甲，用键盘发言，高声谈论着一切真正牛逼或者自认为牛逼的东西，并要带着无限的追忆，亲身经历者指点江山分外激扬，而二手追忆者则要更加显得深情款款。「谈笑有鸿儒，往来无白丁」，布鲁斯伯里[1]已逝，流动的盛宴消失在午夜的巴黎，越心驰神往，而就更加不能错过此刻，谁知道在百年之后你是否可以骄傲地宣称：我认出了风暴！

◇

乱入毕竟是吃力的。虽然吃力本身，也正是魅力之所在。「排名不分前后左右忠奸」是什么梗？「刻奇」[2]是什么？「坎普」[3]又是什么？虽然在知识水平提高之前，提高的往往是「姿势水平」。

但那仍是个纯真年代。虽然戴着玫瑰色的眼镜，心中燃烧的，是热爱。写帖子需要刀耕火种，大家暗自争着一口气，比拼谁写得长、谁写得深，粗制滥造的鸡汤文，挣不得几个白眼，而假模假样或是烂尾太监，则都是要被板砖拍的。最差劲的情况是，在很多时候，或许根本

---

1 布鲁斯伯里：即「布鲁斯伯里文化圈」（The Bloomsbury Group），英国二十世纪出产了维珍尼亚・伍尔夫（Virginia Woolf）、范奈莎・贝尔（Venessa Bell）、邓肯・格兰特（Duncan Grant）、克莱尔・贝尔（Clive Bell）、福斯特（E.M. Forster）的知识分子团体。

2 刻奇：「Kitsch」的音译。我们对刻奇的认识，大多来自《生命中不能承受之轻》中的「媚俗」，即是Kitsch的一种不太准确的翻译。在当下语境，它被和惺惺作态、极力迎合大众high点或泪点的文化工业产品，以及自我迎合大众的自我高潮联系起来。具体概念辨析可见陈冠中的相关文章。

3 坎普：「Camp」的音译。我们对坎普的认识，大多来自苏珊・桑塔格（Susan Sontag）的著作；她定义为：「坎普与其说是艺术，不如说是一种艺术享受，它把传统的『坏』艺术转变为高雅享受的源泉，方法是忽视其意图，只欣赏其风格；但它与通俗文艺、使观众吃惊的舞台表演、地下电影和其他先锋派表现又有关系。」在当下语境，和不遗余力的媚雅，或说是装X联系在一起。具体概念辨析也可见陈冠中的相关文章。

没有人回复你的帖子，连灌水的都没有，便是「一个人的战斗」。身披马甲，出书或成名，不过是小概率事件。更多的时候，我相信，都是发自真心的喜欢驱使他们留下一些痕迹。

很多记忆丧失在那些只潜水的岁月的风中。至今仍能记得清楚的一帖，是《八一八香港那些个有文化/没文化的帅蜀黍们》。楼主拔出萝卜带着秧，把香港有魅力的大叔们统统点兵，试图一网打尽：黄耀明、林奕华、马家辉、迈克、谢君豪……也算是另类版《群芳谱》。而想来至今能记得清楚的原因是，楼主点到为止得恰到好处，倒更让人浮想联翩，使得我花了一个星期的时间，来细细百度了解。

总是由点成线，再由线成网，事物枝蔓相连，成为森林。现在想来，时至今日，我审美和乐趣的一大半，大都在那时慢慢开始成形，或是埋下一道伏笔，至今仍可隐隐可寻得来时的脚注。

昔日「容器人」以电视为自己塑造金身，而或许，互联网构成了我的「容器」。坦白说，至今为止我二十年的人生，缺乏经历，乏善可陈，庸庸碌碌，唯一拥有的，不过是他人的二手经验。在管窥蠡测之间，我成为了「时代的遗腹子」，没有来时的故乡，只有永恒的乡愁。我的青春，不过是「复刻」的。就像已经烧掉了的信，我永远只能靠揣测来想象其中的内容。

◇

二十一世纪初，是我真正所处的时代洪流。

小学时我们进入计算机机房，尚得脚踩鞋套战战兢兢。到初中时，有挺多人家里开始有了计算机，而网吧也取代了录像厅、游戏机室，成为了彼时小男生偷偷摸摸成长混迹的地方。老师们严肃地说：「网络是洪水猛兽。」而报纸也总是帮凶，「网瘾」成了最重大的青少年危害。但大人在饭桌上，也开始议论起了发迹于网络的「芙蓉姐姐」，而刚刚下班回来的对面楼的哥哥，也总要打开计算机先进入《传奇》的世界，厮杀一番，阿姨声嘶力竭地叫着开饭，但总等到她真正拿着菜铲冲过来，拎着了他的衣领，他才意兴阑珊地甘休。

甚至连盗版碟片都遭到了毁灭性的打击。网络开始慢慢提速，更多的人在挂 QQ 之外，也慢慢学会了下载。在线电影网站开始风起云涌，国外的新资源，也总有热心的字幕组第一时间奉上翻译，各个网站又争先恐后地挂到自己的网站上去。再冷门的资源，只要你搜索得当，并且耐心等待，总有一天会在互联网的某个角落发现它，虽然那个页面总会挂满不堪入目的广告。

网络渗透了我们的生活，甚至渗透了我们的语言。

长大了，成为初中生的我们不再比较 QQ 等级的大小，但在课间总会呼喊出一句「雷倒了！」、「我只不过是打酱油！」。湖南卫视轰轰烈烈的「超级女声」，在现在看来仍旧是举国癫狂般的娱乐狂欢。电视机不论黑白彩色大小，都唱着「想唱就唱，就唱得响亮……」，同学纷纷站队，分成了三派，而李宇春的「玉米」和周笔畅的「笔亲」总是势同水火，每个课间和放学后都可以爆发无数场唇枪舌剑的战役。

网络也不能幸免地沦陷了，各家粉丝披着马甲，英勇无畏地在每个论坛各盖高楼，抢占空间，就算在毫无关联的帖子的回复里，也常常擦枪走火，掀起掐架。「粉丝」不仅是吃食了，连街头巷尾的老太太也都知道了，她们不是没有在年龄稍大的孙辈那里见识过上个世纪末的「追星族」狂热，但又嘀咕着，一代不如一代。

但真正造成冲击的是，短信和网络投票与评委意见并重的赛制。在一夕之间，网民发现自己掌握着决定一个比赛走向的权力，甚至说，是掌握别人命运走向的权力，即使只是微茫的一票。而对于「粉丝」来说，他们早已发现了其中的力量，在网络时代之前，从来没有这样自发形成的同好者联盟，人山人海共同呼喊着同一个名字，从来没有感觉过这样强大。而偶像，正与他同呼吸、共命运，「喊一千句开啊开那山也打开，愿你闭着眼万众亦喝啊喝彩」。

说不清是好是坏。社会仿佛在一夜之间突然发现了「草根」的力量。沉默的大多数受到鼓舞，纷纷披上「马甲」，话语权被赋予在键盘和鼠标之上。旧观念被洗刷着，互联网带来了质疑与消解，来源于闭塞的禁锢慢慢松开，再偏僻的小城，也能慢慢同步上这个时代观念的变动，而这里的居民，虽然用着不体面的方式，但确实享受到了曾经稀缺的文化资源。于我而言，这或许是个并不坏的时代。

这仍是不太好的时代。

许知远写道：「十年以来，比我更年轻的一代，就处于这样一个时代。他们生活在一个物质与信息丰沛、思想却匮乏的时代，个人声音轻易淹没在喧哗的众声中。人们相信体制、资本、统计数字，却不相信个人意志。大部分人要么放弃自己对个人独特性的坚持，要么躲入一个封闭、自溺的小世界。」

P2P 精神是水泊梁山式的，而当互联网发展成为了鱼龙混杂的江湖时，虽不至于退场，但应该受到约束，入不敷出终究是破坏了文化生产链的顶端，或许我们已经目睹到了「杀死汝爱」的惨剧。而「全民娱乐化」的时代朝向，已经初露峥嵘，精英话语不再如以前一样奏效，流行的是对经典「无厘头」的改编。意义可以被消解，价值可以被重构，那些过去的「信」里，正曾如是写道。

梦想或可以被无限地逼近，但总与现实会有着一步之遥，确是永恒的距离。肤浅和庸俗、反智与狂欢，或许成为了真正的主题。

◇

「信有带到新居里烧吗……/前行还能前卫吗/念旧又是落伍吗/过去过了但至少也将火把交给他/他他他她她她它它它它它」——达明一派《达明一派对》

在世纪初 the party 的重聚首中，达明一派借歌发问：「禁色和禁果仍被保存吧？这世界有否给潜移默化？」

不知道借用了潜移默化的力量几分，但这个世界已经有了翻天覆地的变化。

「前行还能前卫吗？」

当年黄耀明红发尖耳的造型在内地尚可以引发争议，而现在，「非主流」早成为了明日黄花，而路人也对「杀马特」[1]熟视无睹。「愿某日子，不需苦痛忍耐，将禁色尽染在梦魂内」，而在这个所谓的「梦幻」年代，腐女遍地、基友遍地。「我的滑板鞋，时尚时尚最时尚」取代了「看遍了冷冷清风，吹飘雪，渐厚，鞋踏破路湿透」，「一步两步一步两步，一步一步似爪牙，似魔鬼的步伐，摩擦摩擦」。但我们的内心，只好空空荡荡，偶尔嗡嗡作响。

「念旧又是落伍吗？」

王怡曾写道：「你永远不知道什么时候，会与一个错过的时代相逢。」

达明一派或是他们的词人，从歌名上来看，对「错过的时代」，也怀着同样的思乡病。《半生缘》毫无疑问是张迷迈克对祖师奶奶的顶礼，《甜美生活》来自费里尼（Federico Fellini）的同名电影，《乱》则是跨越时空对黑泽明的问候。而不论从唱腔到舞台风格，黄耀明对David Bowie的致敬，更是明目张胆。他也提起过年少时偷睇「二轮电影」的记忆，是在那时就让法斯宾德（Michael Fassbender）深埋骨血吗？

于是我相信，或许一切热爱，和发自现实关怀的思考，总能战胜时空的桎梏。就像达明一派末了仍旧唱道：「过去过了但至少也将火把交给他，他他他她她她它它它它它它。」

从周耀辉，到……

原谅我五音不全、唱歌荒腔走板，因而对歌词的挑剔程度，大大高于对歌曲的旋律本身，故而，听歌之于我，实而是听词。但吊诡的是，对韵律的要求，又是分外强大。大概是因为常年塞着耳机写作业的缘故，如果歌曲还算和缓押韵，便自觉有加成的效果。故而，MP4里的长期住客，往往是粤语歌。

粤语歌在校园里也有着较为广泛的群众基础，虽然周杰伦总是占据着第一把交椅。课间男生们坐在课桌上吊儿郎当地唱着《富士山下》，在KTV里总要去唱Eason的《K歌之王》；而女生们传阅抄着林夕歌词的笔记本，纸页上有时有可疑的水痕，即使那时还没有「感谢有个林夕在心中陪我哭」的《心有林夕》。

林夕多情、黄伟文摩登、周耀辉另类，有人这样评价香港三大词人。

哪有少年不中二？即使多么多么喜爱黄伟文和林夕，但如果有人问起最喜欢的词人，一

---

1 杀马特：源于英文单词「Smart」，特指在中国形成了一群粗暴模仿欧美摇滚和日本视觉系的发型及着装风格，整体以惊悚另类为审美偏好的「非主流」青年。

定要回答是周耀辉。似乎藉着大家眼中周耀辉的「另类」，连带着自己也「酷」了起来。

是一种姿态吗？但在只有自己知晓的抄词本上，抄下来的词，最多的仍旧是出自周耀辉手笔。

◇

其中我最为心水的，是《北地胭脂》与《南方舞厅》这对孪生子。

同一曲，国语与粤语两版词，「北地」与「南方」、「胭脂」与「舞厅」，意象相反而对称，颇有些 The Double Life of Veronique（《两生花》）的意思。

《北地胭脂》让人想起北方宽旷平原初冬的空寂与肃杀，「找不一样的天，找能喝醉的店」，颇有些古龙小说嗜酒侠客天地独行的感觉；「想起你蓦然回首，想起你哪个门口」，一曲终了，是回首已是百年身的萧索苍凉。

于是总会莫名想起《百年孤寂》的开篇：「许多年之后，面对行刑队，奥雷良诺·布恩地亚上校将会想起，他父亲带他去见识冰块的那个下午……」白茫茫一片真干净，过去、未来皆是虚妄，但雪地上一抹胭脂重色，好似宝玉的一袭红袍，与人间风雨夺色，是「只有现在的哀怨缠绵」。

《南方舞厅》，则是潮湿的、温暖的：「爱要爱一种南方的／所有温暖都要」；它与北方的风雪与腹语对立：「却更稀罕北方的所有舞都跳」。

也是暧昧的、偷欢的：「过去永远假的／这晚永远真的」，忘记与沦陷，永远追忆与永远失忆，意想的与暗恋的，都不如「相信只有歌舞升平」。无奈却又主动的迷醉，作为自由意志选择之一种，闪烁着奇异的清醒的迷人澄亮。

百年时间的重量，步伐移动的轻盈，是重与轻的对立，是日神精神与酒神精神又一次的角力，或许还是一出赋格的南北《双城记》？伽达默尔（Hans-Georg Gadamer）说：「文本一旦产生，作者就死了。」耀辉将词乘着歌声交予我们，而他躲在七重纱幕之后，露出狡黠的微笑。

◇

于是我说，周耀辉的词，为我打开了一扇通往深度思考的大门。

他的词，特别在达明时期，大都不是一元的、浅显的。就如《北地胭脂》与《南方舞厅》，使你永远希望在再一次单曲循环这首歌的时候，可以挖掘到你这一遍听时隐隐欲抓住却若即若离的 point。

耀辉亦擅长玩偷换概念隐喻投射的游戏，《忘记他是她》，「他」与「她」，惯用性别定位的固定两级，在社会的刻板印象里，有着千年的楚河汉界，且固若金汤。而作为借助偏旁区分而语音相同的方块字，她他他她他，TaTaTaTaTa，借以歌咏，则又水乳交融、难以分别，周耀辉便施施然摆作一迷魂阵法。

而「爱上他是她」，「忘记她是他」，则是第二重的戏法，他是他，他是她，她是他，她是她，「是」字不过是偏正结构的小小标志，却像帽子戏法一般，又让前刻刚刚自以为理清了思路的听者陷入混沌：本以为「我」爱上了有着玫瑰花发香和温馨目光的「她」，爱上了宽阔肩膀粗糙颈项的「他」，而事实上，有玫瑰花发香与温馨目光的是「他」？有宽阔肩膀粗糙颈项的却是「她」？「我」能分明知道「他」是「她」、「她」是「他」，但无法阻止「我」「忘记」「Ta」是「Ta」，「爱上」「Ta」是「Ta」，则由第一层内涵的「我」之作为主体，所体察的情欲的流动性，拓展到第二层的「Ta」之作为客体的自我性别认同，以及由此牵引出对性别多元化的认知。

他告诉我，在歌词流行浅显的文本中，也可以呈现更为宏大的叙事背景和力度。「独舞疲倦倦看苍生也倦／惧怕中葬身无情深渊／独舞乱乱叫吼心更乱／惧怕中这地静听天怨」（《爱在瘟疫蔓延时》），是周耀辉为达明写的第一首词。「苍生」、「天怨」无疑是某种宏大古老的历史叙事的惯用词汇，而我们心照不宣，这应当是曲折影射世纪末 AIDS 肆虐时 homo 族群因恐惧而欲疏离、因渴求而望贴近、同伴死去人人自危的近况的一曲哀歌。

不似 Allen Ginsberg 的 howl 那般歇斯底里，却更像 Michel Foucault 书写 Histoire-delasexualit é 一般，拷问历史索求答案。而至《天问》，更是直截了当。上「纵怨天天不容问」，下「叹众生生不容问」，屈原写《天问》，犹可问天问地问诸前代秘事，到周耀辉写《天问》，则只存一「不容问」，这或是遥遥承着千百年来史家殚精竭虑「究天人之际」而对现世无可奈何的幽愤？

◇

记得霍克海默（Max Horkheimer）有言，批判是一种立场。毛尖也这样写道：「批评是文学任务，是所有的文学任务，那么，有人写诗，有人就可以写歌词。」

在我看来，周耀辉就是那个写歌词的人。不过他的批判，是举重若轻式的。

周耀辉自己说，《天花乱坠》是「用流行文化的方式在讽刺流行文化」，下笔则是「你家里老幼怎么/你炒过芥菜几棵」，一顿乱棍，将「丝丝点点计算」、「独醉病消瘦」的文艺青年达明一派打入市井烟火，更不忘补刀一记：「你股票价格怎么？」普通青年变成了爱财猥琐中年。

黄耀明也坐不住了，痛陈达明一派向来是文艺青年根正苗红，周耀辉反问：「是你文艺还是我更文艺？」保全了「芥菜」，也保全了「股票」。不但有惊人之词，还有自造之语，《天问》里的「丹绯雪花」到底是几个意思？反正百度也被问倒了。

是乱来么？倒更像是游戏。词人周耀辉像个天真的孩童，把自己的词作当做游乐场，在其中尝试着加入意象，又随意地打破惯有的语义赋予新意，天马行空，无拘无束，只为娱乐自己，「嬉戏直到下世纪」。

批判意识最强的《排名不分先后左右忠奸（无大无细超）》，形式上却最类市井童谣，把当时港人时常挂在嘴边的人名一股脑写进了歌里：David、Wilson、成龙、李嘉诚……不分领域不分地位，张口即来，白日做梦似的碎碎念。

刘以达献声，不似破锣，倒确实有些不在调上，所幸本也就没什么旋律。而最后盖棺，不过是「佢地各位发光／众星闪烁永垂照香江」。脑洞大开的解读，始终是你的，但他又要天真无邪但欲擒故纵地来一句「达明是哪派？」，又让人想入非非。

◇

张晓舟为张铁志的新书《时代的噪声》作序时，总结他在前作《声音与愤怒》中的自序：「早在我们这群乐迷被政治化之前，早在我们开始懂得一点皮毛的社会分析，并且形成一套关于正义与自由的粗浅直觉之前，我们就在摇滚乐里学到了一种反叛的姿态。」

只有反叛的姿态，仍是显得那么的薄弱无力，而必须寻找理论武器。

当我上了大学，作为一个新闻系本科生，开始接触到传播学时，某个瞬间，仿佛便是天启时刻。福柯（Michel Foucault）、本雅明（Walter Benjamin），批判学派、后现代理论，仿佛可以用来解读一切问题，从未感觉到如此有力。尤其当我知道周耀辉作为传播学研究者的另一层身份的时候，仿佛找到了一个更加能贴近他的切口。

感谢网络，有了实时去问他的机会。也感谢耀辉耐心的回复。但我发现他的答案，和我心中的预想，竟有着很大的距离。或许我想得太复杂，却也太简单。

他说他写《天花乱坠》时，并没有特别读过传播学的著作，可以肯定的是，对流行文化的看法和不满。

他告诉我，作者的想法仅仅是一方面，而市场与作者的互动和角力，则是更复杂的部分。

我询问他对不同时代媒介对不同代际[1]人的影响的看法，举了电影、电台的例子。他反问道：「看，你说了电影、电台，单单欠了电视，当中你可以看到关于我的什么？是关于我，还是也可以关于我的一代人？」

我若有所悟，但直到目前，我并不能有很好的回答。

只不过是我自认为掌握了武器。

---

1 代际：即「代际关系」(Relation between generations)，两代人之间的人际关系。

◇

「真相是我脑子里所想的最后一件东西，即使有这样的东西存在，我也不希望它留在我的家里。俄狄浦斯去寻找真相，当他找到时，真相摧毁了他。这是个非常残酷的笑话。真相不过如此。我打算模棱两可地说话，你从中听到什么完全取决于你的立场。如果我居然无意中发现了任何真相，我打算坐在上面，直到它趴下。」鲍勃·狄伦（Bob Dylan）在他的回忆录《像一块滚石》（*Like a Rolling Stone*）中如是说道。

随着其后的关注，我发现的是，在越发庞大的唱片工业前，词人对于自己填词的自主性，只会越发缩小。而 Demo 词制度的出现，则让相当一部分的新生词人，沦为唱片工业的廉价劳动力，他们填的词，只为卖出曲而存在，而在卖出的瞬间，多半就被扔进了废纸篓里，为更大牌词人的词留下空位。卖方市场大过天，除了少数词因为私人订制的需求而不受损害，大半的词本身成为了流水线上生产出来的产品，其中挣扎着微茫透露出来的灵魂，毕竟是凤毛麟角。

当旧的「刻板印象」被拆除，新的「刻板印象」又被建立，「子子孙孙无穷尽也」，不免让人绝望。

而这试图解释一切的武器本身，也不过是「刻板印象」的产物。在国内，来自法国勒庞（Gustave Le Bon）的《乌合之众》（Psychologie des foules）被尊为真理，被用来证明一切群体行为都疯狂无脑，而这偏颇的群体观念，早被学界集体驳斥。上世纪批判大众文化的《娱乐至死》（Amusing Ourselves to Death）仍旧被无数次地引用，却全然没有考虑到媒介环境已经全然不一，商业操作和独立作坊不再泾渭分明，严肃的内核在娱乐的外衣下往往却更能彰显。

真相，不过是「像我这永没法解释的苍白，像永远盖着扑克，像永远在转圈圈的笔划，一生不过揣测」（《爱弥留》）。

「要像鸳鸯戏水的陪衬」的《糖不甩》，和《天问》之间，并没有存在着鸿沟。更简单的是，像周耀辉说的：「我越来越觉得生活困难，如果我的字（歌）能带给谁几分钟的乐趣、安慰、支持，甚至只是宣泄，已经很好。」

附：我问周耀辉

问：从我的角度解读，《天花乱坠》应当是很明显地在讲大众传播现象的，那请问您那时候就已经开始对于传播学的关注了么？如果是，那是否在其中有意识地加入了站在传播学视角的一些解读？

答：没有特别读过，可能看过一些书吧，记不清楚，肯定的是，当时的确是想写一些我对流行音乐文化运作的看法，或者不满。

问：您前期的《爱在瘟疫蔓延时》《天问》，更为关注宏大的历史书写或政治背景，但最近几年的作品，似乎更为关注个人体验和身体书写，请问为什么？

答：这个问题假设了我是故意的，或者是有策略地去做。我怀疑，还是市场与作者的互动和角力，相当复杂，我试试说当中几点。一，开始写的时候，与达明合作，他们的音乐比较倾向大议题的探讨，当时也是大时代，而我年少轻狂，也觉得应该参与探讨。后来，时代不同了，我的合作伙伴也多了。二，读过一些文化研究、性别研究之后，认为风月也是政治，所谓个人的事情，非常重要，例如何谓爱人、何谓男人女人、何谓快乐，非常值得书写。三，更简单的是，我越来越觉得生活困难，如果我的字（歌）能带给谁几分钟的乐趣、安慰、支持，甚至只是宣泄，已经很好。

问：您在某次访问里说过，您和明哥都是贪心的人，都想在歌里表达更多的东西。请问：是否在更为大众的流行歌曲里隐秘地传达自己相对小众并且不同的思想，会有一种隐秘的反叛的快感？（比如，《忘记他是她》）以及，是否有期望借此使大众的某些思想产生转变的野心？

答：当然有，不过，不敢抱太大期望，怕失望。不说思想转变，即便他们多了明白，已经有我写下去的原因。另一个原因，同样重要，就是也有小众听到，得到支持。

问：马素·麦克鲁汉（Herbert Marshall McLuhan）说，「媒介即讯息」，拙作中，对于互联网如何使我了解流行文化，占据了很大篇幅。从我了解的资料看来（又读了一遍《突然十年便过去》），电影院、电台在您成长过程中也占据了很重要的地位，那请可否相对具体地谈谈它们对您的影响？以及可否分享一下您对这个问题（不同时代媒介对不同代际人的影响）的认识？

答：哈哈，这是一个研究大议题，不能轻率作答啊。不如反问：看，你说了电影、电台，单单欠了电视，当中你可以看到关于我的什么？是关于我，还是也可以关于我的一代人？

人和时代的缠绵

五月二十四日，河北大学新区北街在深夜里仍旧热闹，苍鹭音乐节过后前来吃消夜的人群，挤占了所有能将啤酒和喧闹提供给他们的烧烤摊。

不同于平时，人群中三三两两的面孔更显成熟。他们大都是热爱音乐的上班族，在六点或七点下了班，匆匆忙忙跳上公交车，从市区赶来。

Rockduan，一个在市内某集团有着朝九晚五正经工作的二十八岁保定男青年，隐藏在这些面孔之中。和他一起端起啤酒、抓起烧烤串的一圈人，除了河北大学新校区的学生，还有来自保定的各个角落：其他高校的大学生、和他一样的上班族，以及从事各种行业的「哥们儿」。

他们的结识，大都是偶然。在演出现场经常见到的熟脸儿，莫名其妙凑在一起喝了几场酒，成了哥们。也有在网上偶遇的话题投机的ID，唠着唠着，就变成了现实生活一起玩的朋友。而对音乐的喜爱，是他们走到一起的真正契机。

二〇一二年三月三日，Rockduan在豆瓣同城上发起了名为「保卫音像店（保定版）计划第一期」的活动。灵感来源于二月底有人在石家庄豆瓣同城上发布的「保卫音像店」的活动，号召大家去关注石家庄一家历史悠久、影响深远的音像店——「金旋律」。Rockduan参与了这次活动。

他举办的第一期活动在「乐之海」音像店，实际到场了六人，主要都是坐在一起的这一圈子人。Rockduan说，发起这个活动，更多的其实就是自娱自乐，有的时候最多有四十五人，有的时候就他自己，「不过去了的，本来不是朋友的，都成为了朋友」。最后一期（第十期）活动，于二〇一三年十一月十七日结束，豆瓣页面上显示的参加人数为三。

「一直放不下对淘碟活动和实体唱片的钟爱。在做了九期『保卫音像店』活动后，由于响应者寥寥，对于这简单纯粹的初衷有了一些不坚定。幸而还有几位看热闹不怕事儿大的朋友鼓励，还是想把这个活动延续下去。」Rockduan在豆瓣页面的「活动详情」中如此写道。

◇ 黄金时代

一九九五年，对于保定的音像界来说，是开创纪元的一年。

这一年，大批音像店纷纷开张。「乐之海」、「满天星」，这些撑得到了如今的元老店们，也大多在一九九五年开始营业。

在一九九五年之前，出租录像带和贩卖打口[1]，是这些音像店的前身。一九九五年，DVD

1 打口：已进行损坏处理（用专用机器把光盘切掉一段），但以种种途径流入中国地下市场的国外音像制品。

时代的到来、家庭 DVD 的普及，使音像店遍地开花。

九四红磡演唱会的激情尚未褪去，内地摇滚产业高歌猛进式的发展，带动了内地音像业的井喷式繁荣。同时，原先藏在地下传播的港台流行歌曲和电影，开始大规模地被正规引进内地市场。而之前很长一段时期中娱乐消费品的匮乏，也能够解释人们对音像制品的需求为何如此空前高涨。

地下录像厅纷纷倒闭，音像店放在店外的音箱播放 CD 所制造的声浪攻占了大街小巷。九十年代的黄金岁月悄无声息地来临，这也是属于音像店的黄金时代。时代造就其产物，而时代的产物本身，也为这个时代，留下了独特的印记，在另一个时代作为遗存，等待有朝一日，唤醒人们的记忆。

「乐之海」音像店，藏身在新市区的一条菜市场街中，被四周的蔬菜瓜果摊子包围，从一九九五年起已经有十九年。但在当年，这并没有妨碍大批热爱打口的电影狂热分子去他那淘尖货，即使大部分人需要穿过大半个保定城区。

「主要是我这儿的货挺全。」店主杰哥补充说。对于当年的那些狂热分子来说，环境和距离都不在考虑之内，店里的打口、碟的种类多少和内容的质量，才是他们最在乎的。

所谓的「狂热分子」，大多指的是来自于保定各大高校的痴迷音乐的大学生。保定拥有众多的大学，年轻人成为这个城市的主力军，不管在哪个年代，他们永远热爱着文艺和新兴事物，这也是当年保定作为一个地级市能成为著名的圣地的重要原因之一。

高中生也被席卷进了浪潮。同样于一九九五年开业的「金唱片」青年路店坐落于保定三中的旁边，同样邻近河北大学。大学生们经常在唱片店里翻翻拣拣，也吸引下课了的高中生过来凑热闹，同样成为了购买唱片的主力军。

这也是一场同属于「卖者」和「买者」的狂欢。

当时选择经营音像店的，大多是因为自己本身便是兴趣在此的「老炮」，自己卖的音乐或者电影的碟片，往往先看过一遍。「卖者」通常能对自己的货如数家珍，对音乐和电影的了解也相当广博，对于刚入门的「买者」来说是挺大的吸引；对于同样的老炮而言，「买」不过是圈子里聚集和交流的附带产物。

「音像大世界」是当时保定连锁音像店的霸主之一，在总督署广场、百花影院、大世界商业城各有一家店。「当年的音像大世界总督署店占地得有一千多平方米，号称摇滚社区，摇滚唱片一眼望不到边，进门得吓着。」Rockduan 说。

Rockduan 介绍说，这家的店长涛哥，是保定摇滚乐当年的领头人、束乐团的队长。在 Rockduan 看来，这家显然是最为专业的一家：「打口、原盘、引进、国内应有尽有，唱片都完好封贴，手写的乐队中文名、风格、小传，非常专业到位。」

在买卖双方都挺上道的情况下，淘碟有时候就变成了一场比拼眼力劲的斗智斗勇的游戏。

Rockduan 讲了一个故事。

「有一次在日版区看到一张崔健的《一无所有》，我就问店员，这张放错了吧？店员说没错。碟十八块钱，我没买，买了张什么来着……国摇合辑就回家了。回家越想越不对，忽然发现一个问题。中国大陆版崔健，是叫《新长征路上的摇滚》的，那张《一无所有》封面是一块红布那张照片，那是彻彻底底的尖货儿——崔健的日版，赶紧像脱了缰的野马一样跑回去。」

「碟让人买走了。这遗憾，我到现在想想都恨自己，因为崔健的日版实在太少见了。」Rockduan 至今说起来仍旧是懊悔不已。

「涛哥后来都问店员说，那崔健怎么十八就卖了像话吗像话吗像话吗……」Rockduan 一连用几个「像话吗」，来突出涛哥同样的懊悔。

◇ 最后一代打口青年

Rockduan 在采访中，自称为「最后一代打口青年」。

在他初中的时候，喜欢的是孙燕姿的音乐，二〇〇二年，孙燕姿发行了《自选集》这张CD，让他知道了 The Beatles 和 Tori Amos。初次接触国内摇滚，则始于高一上自习时，借了同桌盗版 Beyond 的《超越 Beyond Live》和花儿乐队的《平安夜》的卡带，在英语复读机上听。

二〇〇四年，Rockduan 在文理分班后，进入了新的班级。在新的班级里，有一个乐队，和他的关系不错，会借他 Bjork 和 Kid Rock 的打口听，而他给他们写歌词。在那个时候，他已经接触了一段时间的摇滚乐，包括打口带，不过大体是贝斯手借的，总归要还。

在一次班主任开会的空当，乐队里的贝斯手带着他跳墙出校，来到了市区，到了「大森林」（后来改名叫「汇声」）音像店。

「汇声，当年保定音像业的一个传说。二〇〇〇年以前叫大森林，是保定乃至河北省最早的打口音像店之一。」这是 Rockduan 第一次去的音像店。因为贝斯手是熟客，老板——一个有点谢顶，瘦弱的中年男人——打开了角落木门，有一个小隔间，整整一面墙，全是打口磁带。Rockduan 补充说，在当年，买打口得有人带着去的，因为打口是非法的，老板都怕罚款。

「我都懵了。」Rockduan 如此形容。「全新的世界，就像你是麦哲伦，在海上航行，忽然发现了美洲大陆。」

在很长的一段时间里，音像店一直占据着他生活中重要的一部分。因为上大学和工作，他离开过保定一段时间，打口在二〇〇五年后开始销声匿迹，网络时代的冲刷、唱片店的萧条，都没让他彻底远离音像店。

在杨波的《在我的身上有一道打口》一文中，提到了在打口圈中盛行的「偷打口不算偷」的道德观（类似于「窃书不能算偷」），当时的广州「打口教父」邱大立，经常会被前来借宿的乐队除了买之外顺走几张珍藏的打口。

当年在音像店买打口的，多半也是穷学生，「顺打口」的现象不少，店主往往也是心知肚明，而不点破。

「一张潘朵拉三十，我生活费才三百。」

「『买不了，就顺。』这话摆不到台面上，但是事实上，当时大部分来买打口的年轻人或多或少都顺上一张，这是个恶劣但是充满着怀旧感的记忆。老板其实是知道的，但他从来没有说过什么。哈哈，想想挺可笑的……」

「罪恶感和兴奋感比起来，有点薄弱。」

「音像店，是我年轻时代最重要的一个记忆。」

「我个人是非常喜欢唱片的，无论是收藏还是听。我喜欢唱片盒子的质感、歌词纸的触感，以及用随身听听东西的复古感觉。」

而他也坦然地说，现在对音像店，并不像过去一样依赖。

「现在要不都淘宝，要不就下载。」

「骑着自行车，去一家店里买张碟，简直是复古的行为艺术。」

他，也只不过赶上了音像店九十年代「黄金年代」之后的两千年出头的「白银年代」的尾巴。新世纪，网络开始出现，电子商务的兴起、网络下载的普及，音像店不可避免地走向了「斜阳」，之后更是江河日下。

时代的产物，终随着时代的逝去而衰落。

而Rockduan，躬临目睹了音像店这轮昔日「红日」缓缓落山。每个年代都终将逝去，但有幸抓住残影、与之缠绵的人，终将难以忘怀。这是一场最后的探戈，也是一个人和时代的惊心动魄的缠绵。

◇ 愿你在此

「满天星」天鹅中路店，在 Rockduan 发布的「保卫音像店」活动中，介绍它是当时「保定最大的音像店」。「满天星」则是当时「目前保定最大音像连锁店」。现在在百度地图上仍旧能够找到这家店的标记，但实际上，它已经无声无息地消失了。

在这条路上，新开的牙科诊所正在进行外部装修。这里大部分店家是餐饮业或服务业，招牌崭新且高耸，名字响亮诱人。

内衣店的店员，对这家离她不到百米之遥、曾经辉煌的音像店，只有模模糊糊的记忆。「应该是搬迁了吧。」她不确定地说。但她仍旧热情地一直追出了店外，努力地想尽到自己的推销职责。

消失在时间河流里的音像店，当然，不只这一家。

这其中，也包括当年那些傲视业内的巨头。

「音像大世界总督署店的涛哥，后来去了北京。」「大世界越做越差，总督署店也变得越来越小。」Rockduan 说。

但是昔日荣光仍然不能被它自己所忘怀。

「快关门的时候，我去买了几张。还是死要面子地特别贵。我记得达明一派的《为人民服务LIVE》，要一百六十多，太贵了。啧啧，怪不得倒闭。」

过去的「音像大世界」的三家分店的旧址，也早已都改弦易张。

总督署店的地儿，现在变成了一家南京菜馆和一家影音体验馆。

百花店，成了烟酒超市。

最后关的朝阳店，是Rockduan过去常常去的一家店。他清楚记得，最后清仓的时候，去那淘着了许多东西。

「有一张首版的罗大佑的《恋曲2000》，八十元。想了想，没买。」

「然后就关了。现在想买也买不上了。现在一想，不如买了，当最后支持他们一把。」

Rockduan回想起来，略觉得遗憾。

它被一家同样采取连锁的经营模式的凉皮店所取代。毕竟，保定人对凉皮的热爱，从未发生过改变。

而那些家业更小的音像店们，在时代的潮流里的挣扎，只会更加艰难。

Rockduan第一次去的华电一校门口的「汇声」（也就是「大森林」），在他口中，不仅培养了他们乐队的这些人，「还有华电整整一代的校园摇滚爱好者」。

在他大一离开保定上学的时候，有一次又恰巧经过那里。

老板正在收拾东西，看见他了，说：「你随便挑两张吧，我便宜给你，我不做音像店了。」

Rockduan 反问他：「那你干吗？」

老板说：「开饭馆吧。」

那是二〇〇六年的时候，整个音像行业，进入了衰败。

现在的「汇声」是一家面馆，改为华电的大学生提供真正能够熨帖胃的食粮。

「彬彬」音像店在河北大学附属医院门口存在过，在 Rockduan 的活动去拜访的那次，已经「看上去快倒闭」，里头却「存着大概几百张正版老磁带」，参加活动的一行人都收获颇丰。

现在的百度地图上，「彬彬」音像店早已消失不见。

老城根边上的「公元」音像店，改成了「公元」体育用品店。

店里正在装修，大部分地儿，仍旧没摆上体育用品，几个大箱子杂乱地放着。墙上的几个空空荡荡的架子，不知道是鞋架，还是没来得及拆的 CD 架。

老板没有换，收银台的计算机旁还放着一张欧美音乐的 CD，这其实就足够幸运了。

「半壁江山皆残破」，剩下的，更多也是尽力挣扎。

还留着门面的「金唱片」青年路小白楼店，在原来的招牌下，加了一小块滚动的 LED 屏，滚动着「琴音衣社」的字幕。

走进店里，大部分靠近门口的空间，都被一排排挂满衣服的落地衣架所填满，最深深处，用包围起来的玻璃，隔开了一块单独的空间，里面摆着四五个碟架。

看店的老阿姨警惕地看着一切：「我是新来的，我不清楚。」

◇ 和你在一起

「乐之海」的店主杰哥说，他也曾经考虑过关了音像店，改成一家经营其他的店。在这条穿过菜市场，依街尽是瓜果蔬菜摊位的新市场街上，经营副食和日常用品的店铺占据了主流，如此的一家音像店，仍是略显格格不入。

但最终，他仍决定坚持把音像店开下去。

虽然他说，知道这个行业，应该也再没赚着什么钱的机会，收支平衡就很欣慰了。

近年来，这家音像店的收入，远远没有达到盈利的水平，不过是「勉强支撑」。而整体行业的惨淡，让杰哥很坦然地接受了这个事实。

「毕竟做了这么多年了。有点割舍不了。」杰哥说，主要是因为「习惯了这种生活」，「挺不舍的」。

「乐之海」在一九九五年开业。杰哥的儿子在南京上大学，「今年大一」，十九岁，和这家音像店同岁。现在杰哥在店里放了一个可以推拉的冰柜。平时放在店里，在中午比较热的时候推出去，在街旁卖点冷饮，也算零星补贴点家用。

杰哥在年轻的时候，因为喜欢看片子、听音乐，而做上了这行。因为做这行，又反过来让他能比一般人在这些上涉猎得更广。

「年轻的时候，会比较喜欢听摇滚啊、欧美这些，也更喜欢看商业电影。比较过瘾吧。

但这些年吧，年纪确实大了，会比较喜欢看文艺片了。」

他店里碟架上的碟，还是以电影的蓝光盘居多。「现在来这儿的人，多半是来找蓝光盘的。」

他店里深处的一面侧柜，专门放着上世纪九十年代和这个世纪初的老磁带和 CD。港台流行和内地 indie 兼收并蓄，超级市场、达达、跳房子、窦唯、《我爱摇滚乐》的合辑、超载，这些市场上已经绝迹的「尖货」，略显杂乱地挤在一行里，大多仍旧保存完整、品相良好。

他从门口的唱片架下又拉出了一个纸箱，里头满满当当，都是一盒盒风行于上个世纪末的磁带。里头的磁带，也多半是流行于上个世纪末的港台歌星的磁带，其中好几盘印着张国荣年轻时候侧脸的磁带，格外引人注目，也混着几盘打口。

「这些其实都算私藏了。」杰哥笑着把箱子又推了回去。

「金唱片」青年路店，邻近河北小学和保定三中。贴在店口玻璃门上的海报中，几张色彩鲜艳的「喜洋洋和灰太狼」、「Ultraman」，比梁博、王若琳更加引人注目；在店内靠近收银台的一侧，则摆满了各式各样的玩具：遥控汽车、巨大的芭比娃娃。

在这家店的最里面的墙边，则是一架子蓝光盘，每小栏上，有贴着导演或演员的名字的小贴纸，用以分类。伍迪·艾伦（Woody Allen）、安东尼奥尼（Michelangelo Antonioni）、大卫·林奇（David Lynch），大导演们挤在一面狭窄的墙边，略微有些拥挤。

旁边的店主一家，正围着电视机吃午饭。

「最近网上不是出了一舌尖上的拉面的视频吗？我看了……」儿子笑着对父亲说。

在这里，内地摇滚老炮的CD，有单独一竖列的柜台。这是因为店主当年挺喜欢听中国摇滚的，特别是「魔岩三杰」。

这些专辑，大多发行日期比较接近现在。「黑豹」那张《我们是谁》的封面上，和其他成员站在一起的，是年纪相当于其他成员儿子的新主唱。旁边有张《山豆几石页》，窦唯已经不再使用自己的人声而借道纯音乐。GALA被摆在了崔健、郝云、许巍之中，战战兢兢。张楚、李宗盛、汪峰、周华健、羽泉、凤凰传奇、谭咏麟，「排名不分先后左右忠奸」。

这里当年也有从广东那边进过打口。现在只有一小列进口的indie乐队的专辑，不到十几张，摞在欧美音乐的柜台略低的一层。最上一层，一字排开的是封面招摇的Beyonce和Justin Bieber，「高中生喜欢」。

◇ 希望之光

「我后来认识了一个学电影的姐姐，年轻时攒了一千多盒录像带，后来全废了，改攒VCD，再后来又全废了，变DVD，变蓝光，直到网络下载时代来临，她才消停。后来她去了德国，德国人看她一个中国人打开计算机，立刻警告说，不要非法下载东西，在我们德国这么干会坐牢。于是她又回到了传统的电影院里。」

小说家路内，在他的新作《天使坠落在哪里》里，附带着讲了这样一个故事。

互联网时代最初的代表性的混乱、无序、消解在空气中版权意识的狂欢，慢慢终将成为历史。「快播」已经死去，这是否意味着，今后人们电影资源的获取，终有一部分的需求，会回到依赖在院线观看和 DVD 或蓝光发行的合法管道？即使依托互联网发行的合法付费资源，在某一天，终将成为大势所趋。

而那时的音像店，或许会有比现在稍微宽裕的生存空间。「乐之海」的杰哥说，就像他相信实体书店毕竟总会存在一样。

虽然光盘这种媒介，或许终将被以一种新的媒介或网络格式所取代，就像它取代了磁带一样。但在现在，与网络资源相比，DVD 或蓝光盘，仍有着独特的优势——高保真率、高清晰度。蓝光电影碟片的销售，是现在大多数音像店营业额的主要来源之一。「金唱片」青年路店的店主说，保定市内追求高质量的电影发烧友，经常会去他那儿淘碟，这和车载音乐 CD 的销售，构成了店里销售额的主要来源。

对于像 Rockduan 一样的人们来说，音像店早已不只是挑选、购买音像碟片的地方，而是「年轻时代最重要的记忆之一」，是一种「情结」所在。即使有一天音像店真的消失了，情怀仍旧不变。

Rockduan 在学生时代曾是《我爱摇滚乐》的读者，快毕业的时候去拜访，「稀里糊涂变成了应聘」。他在那里做了两年编辑，「过了两年快乐时光」，然后回到了保定，跳槽到了「正经」公司，挣钱上班。

在此同时，他仍旧在挺多城市遍地儿跑，参加各种音乐节和相关活动。保定的现场演出，他也没有错过，因为这个，他认识了很多聊得来的朋友，经常「一起玩」，「保卫音像店」这个活动也是。

九期「保卫音像店」的活动，基本涵盖了保定市区仍旧存在的音像店。因为这个活动，他认识了更多人。「除了一块儿看演出的朋友，还有各个学校的学生，有县里的音乐爱好者来买碟，也有古典音乐爱好者。」

一个自称爱好古典音乐的华电学生，在音像店里最终淘走了一批「大路货」。

一个河大的研究生，在「保卫音像店」的活动中，买了几张电子和迷幻的 CD，但后几天在河大新区毕业生举办的跳蚤市场上，Rockduan 看见这个研究生蹲在一个摊位旁，上头正放着淘来的那几张碟，包装还没拆。Rockduan 问他，没听干吗卖了？他回答：「看见这儿在卖东西，就拿来卖了。」

也有从县里赶来的两个姑娘。那一期的活动在「彬彬」音像店，加上 Rockduan，只有他们三个人。姑娘们淘着了很多磁带和 CD，之后匆匆赶回县城。

「什么人都遇到过，不过都成了朋友。」Rockduan 说。

最后一期活动，在二〇一三年结束，但 Rockduan 说，他还想带着人再去转转。

在他的 QQ 空间状态里，其中有一条来自于李海鹏一篇采访手记的末尾。

「我们不能永远年轻，永远热泪盈眶，却依然对一个更美好的世界怀有乡愁。」

附：《人和时代的缠绵》记者手记

我在二〇〇七年的时候，开始上网混论坛，一起玩的人，大概都要比我大上个十来岁。因此，在论坛上接触到的音乐和话题，多半是他们成长的那个年代——九十年代的回声。而在他们的叙述中，音像店是不可避免提到的意象，就像录像厅之于贾樟柯和毛尖他们那代七十年代生人——一个时代独有的产物，会给成长于这个时代的人们，印刻下独有的痕迹，微妙地影响了你的一生。

这种错位，是有趣的。就像《午夜巴黎》（*Midnight in Paris*）里回到上世纪三四十年代那个「流动的盛宴」中的男主角，明明知道任何一个时代，当你置身其中的时候，会发现之中的任何人事，不过像你真实存在的那个年代一样，人们庸庸碌碌，重复着差不多亘古未变的生活轨迹；但当你跳脱出来，追忆那个逝去的年代时，永远都会发现它比现在美好而充满吸引力，即使明知道这不过是所谓「玫瑰色」的眼镜的作用。

那些成长在九十年代的人，其实也不过赶上了那个人人对音乐、文字、任何美好的事物充满最简单诚挚追求的八十年代的余韵。但这仍旧是幸运的，事物逝去之前残留的幻影往往是最美好的，他们大多在懵懵懂懂的少年时经历了这样的时刻，而后用自己的青年时代，以及之后的日子，永远咀嚼不完这其中的味道。自然，在他们的叙述中，也有一种管窥蠡测的梦幻粉饰。

自然，在我这里，对那个年代的感觉，来自的是这些成长于九十年代的人的二手记忆，虽然有童年的吉光片羽的记忆碎片重合或可作为小小脚注，但确实是和那个年代注定隔着一条不可跨越的河流，这我得承认。但这些二手的记忆，早已成为我成长过程中不可割离的一部分，打个不恰当的比方，仿佛是「时代的遗腹子」，和亲身经历那个时代的人们一样，我对它永远怀着无尽的乡愁。

致力于搜集燕京大学口述史，通过碎片重建民国学术风貌的陈远，引用过胡适先生的一句话：「一切诚念，终将相见。」过去的时代将我们抛远，而我们以虔诚、以热爱，终将能在另一个维度将它重建，比如：成为历史一部分：完善一份口述史，也比如：用新闻的形式召唤那徘徊不曾远离的时代灵魂：尽我们微薄之力，写下一份不像样子的特稿。

「一切诚念，终将相见。」诚然。在这里要感谢我在豆瓣上认识的同样喜欢 Pink Floyd 的好友胡进，在他的口中，我第一次对保定曾经繁华的音像业有所观感，这也是促使我们做这篇特稿的一个契机。同样，他在保定音乐圈里广泛的交际，给予了我很大的帮助：Rockduan，「保卫音像店」的发起人、本篇特稿的关键人物，由于他这个哥们的介绍，非常真诚热情地接受了我们的采访，并且提醒我们可以随时找他询问细节。同时，胡进也介绍了相当多对保定音像店有亲身经历的采访对象给我们，例如本土诗人司徒稚岛，虽然并没有展现在最后的成稿中，但对这些同样对于音像店及其身处的那个年代怀抱热念的人们，一句感谢，不足以表达心中的感念。We have the same dream，这是所有的缘由。

我们基本走访了那九期豆瓣活动上我们可以找着实际位置，并且没有倒闭的音像店。抱着唠唠的态度，我们的采访在随意愉快的氛围里进行。

挺多店主同样也是因为对音乐电影感兴趣而决定干上这一行，保定三中旁边的「金唱片」的老板对中国摇滚挺说得上来，虽然现在的这方面销量不太景气，他仍旧给「魔岩三杰」这一拨的老炮，保留了单独的一竖列的柜台。

「乐之海」有单独的一面柜子，放着

一九九〇年代以及这世纪初的 indie 乐队和歌手的磁带或者初版 CD，相当珍贵。老板也相当健谈，在坚守兴趣的同时，保持着好好生活的随性。

虽然年龄的间隔真实存在着，但是由于共同语言的存在，这是我所经历的最享受其中、和采访对象最能有默契的采访经历之一。

很多家店，在我们造访的时候，已经被改成了经营其他商品的店铺，或者搬迁到了别处，但没人知道具体的去向。每当遇到这样的情况时，确实是会自责，为何不早一点有这样记录的想法。就像米勒说的，「老兵渐飘零」，机会会越来越少。把音像店的故事，以单薄的一支笔记录下来，是我唯一能做的事，但只可惜，毕竟仍是晚了。

在乐之海买了一张达达的《黄金时代》、一张《摩登天空4》。也算是一种支持，和对「保卫音像店」活动的致敬。虽然我必须承认，购买前者，更多的是一种行为艺术，因为我并不是对达达太有感觉，而是「黄金时代」这四个字，让购买这种行为，变成了一种无声的、一个人的悼念。

特稿最后的撰写，只能说，尽力而为。我们参考了赵涵漠的《失落的阶级》，梳理了一遍好的特稿写作者建立框架的方法，按我们自己的想法和素材的内在逻辑，最终出了一个毕竟不太完善的文本。我自己也不是特别满意。但或许，可以把它看作职业生涯一次小小的试水吧，毕竟，以后的路更加艰苦而漫长。

但最终，在采访和写作的过程中，会发现，我们终究想记述的，归根结柢，是人。是那些因为和时代的一次纠缠而念念不忘的人，是那些不忘初心永远走在自己路上的人，是那些热爱音乐、电影这一切美好事物，不论何时何地是何处境的人们。

在大时代面前，诚然，我们每一个这样的人，都是《立春》里面的王彩玲，不自量力且不知悔改，但我仍庆幸，在这个时代，仍旧会找到同一个队伍的人，不至于像刘瑜老师说的那样，需要自己一个人活成一个队伍。

那么远，那么近，是靠着卖冰棍的副业辛苦支撑着那家老音像店的你，是高考结束后按图索骥拜访了全国各地一百家独立书店的你，是仍旧流连在实体书店或音像店的你，是真实触摸着一本书的纸页用铅笔在白底蓝线的练习本上写下笔记的你，也是每一个仍旧用头脑热爱着音乐、电影这一切美好事物保持思考的你。

我想，我们终将相遇。虽然，也许，只能在这篇简陋的记者手记里。

第二章

前中后书

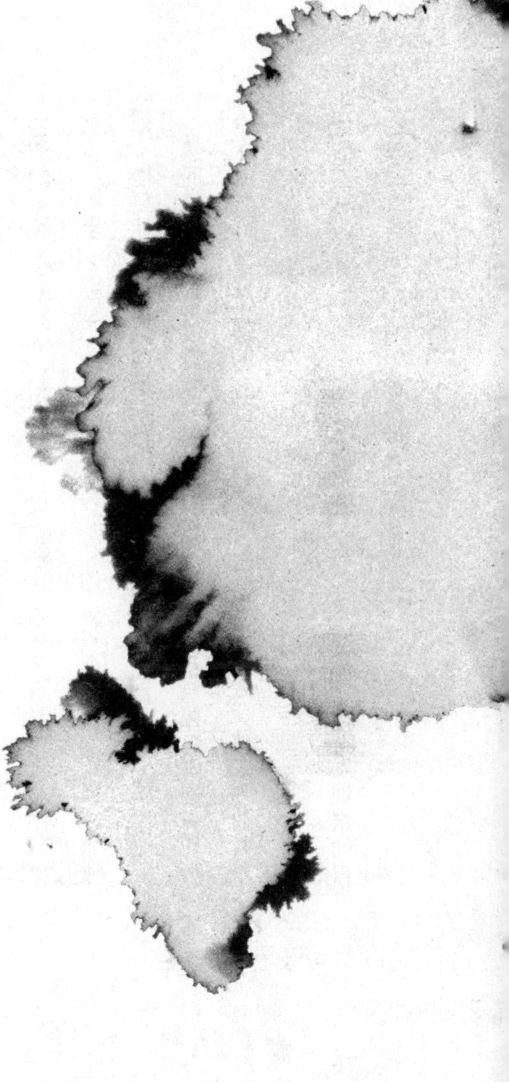

这部分的文字，自觉是有生之年以来，最感到尴尬的书写，没有之一。

天性使然，作为又一条无尾可摇的「无尾狗」，在墙角处观察别人的生活，试图梳理其中的脉络，或者更进一步将其写下来，这是我所习惯的理解他人、世界的方式，将矫情伪饰诸多要素一一剔除，将其转换为干硬的经验，填充或扩展到我的认知体系之中，况且，这个过程让我愉悦。

但当把笔试着伸向自己的生活的时候，总是会畏惧不前，把自己身边最熟悉的人写到纸上，最大的感受，也只剩下了尴尬。好作者如尤瑟纳尔（Marguerite Yourcenar），写家族回忆录性质的《北方档案》（Archives du Nord），从自己的曾祖辈开始写起，一路写到自己呱呱坠地，便戛然而止，轻巧地把自己跃过，是另一种选择。

然而一切对外部世界的发现，最终都会指向根系。弗洛伊德一切指向童年阴影的学说自然狭隘，而数十年后以发现他人及社会为业并以笔记之的记者如蔡崇达，终究会说只有抵达自己，才能理解他人。也正如他在《皮囊》中所写的成长轨迹，去重新回忆、重新发现跟随自己一路成长起来的，有着深深羁绊的人们。

于是在这章中，用前书、中书、后书的分类，写下祖辈、父辈，写下同岁的朋友们，写下本以为不足为外人道的感情，也郑重地写下自己。

前书　比我们还年轻的祖辈

我从来没有见过我的爷爷。

他在一九九四年的三月去世，而我在一九九四年的四月出生。他留给我的，是户口本上的山东户籍；一排在他指导下建造的军事建筑风格的二层楼房中的一户；门口的一棵亭亭如盖每年秋天都挂满了果实的枇杷树——五十年前，是他亲自从广饶老家带回来的小树。

以及早不怎么翻阅的家庭相簿里一帧发黄的小张照片。记忆中，照片上的他身着军服，军帽下压，但仍可以看见面庞清秀，身量适中，表情却拘谨严肃，像个文职军官。

但母亲告诉我，他是真正上过战场、吃过枪子的大头兵。因为吃不饱饭，他离开山东老家，跟着来解放他们的解放军走了。

彼时比现在的我大不了多少的他，在第一次开枪射击的时候，手会发抖吗？在战友倒下的时候，会发出孩子一样无望的哭泣吗？他又是怎么在行军中遇见了出身杭州小商户家庭、投奔革命军队的进步女学生——我的奶奶，决定成为彼此的革命战友？不可能有什么文化程度的他，又是怎么决定在炮兵学院进修学习军事建筑，最终能够设计并建造起这一排碉堡风格的住房？

这些答案，已经随着他的死去，和他一起在地下长眠。奶奶比他更早十年去世。

我的父辈中，他年龄稍长的子女，或是定居在了遥远的浙江，或是在更为遥远的异国他乡，联系只是过年时的一个电话的问候，不会谈及这些冰冷的过去。

我的父亲，则不太愿意提到他。父亲和奶奶的关系，是四个孩子中最为亲近的，而爷爷在一众孩子中，挺讨厌他，自小就经常责骂。而在奶奶离世后的不久，爷爷便续了弦。

母亲说，父亲的性格，和爷爷一样倔强。

就像我在被父亲责骂的时候，也总被斥道：和你爷爷一样脾气古怪。

我只知道，他挺过解放战争最后的硝烟，驻扎浙江，再次南下，成为这个小小市级军区的武装部长，住在这栋自己建造的小楼里，渐渐老去，最终离世。他建立的家庭藏书室的图书，我小时候在沙发后面的一堆樟木箱里翻到过，大多是百科类的图书，留下来的薄薄的几本，是他死后父亲分得的那部分。

叔叔生的堂姐，比我要大上四五岁，她和父母一起生活在省城，我只和她见过两面。小时候，听母亲说，这个「脾气古怪」的老爷子，却对当时仍住在身边的四五岁的小孙女格外慈爱，甚至会蹲在地上，和她一起做游戏。

莫名其妙地觉得有些嫉妒和酸楚。

大概是因为在幼儿园放学的时候，其他小朋友有白发苍苍的爷爷或奶奶来接，老人佝偻着腰，牵着小朋友的手，笑得慈祥和蔼，慢慢地走，慷慨地在街边的油炸摊子或棉花糖摊子上买点吃食，也永远有着比我更多的零花钱；更可气的是，总会炫耀地看着被妈妈牵着、空着手的我，而妈妈总是说：「街头摊不卫生、不能吃。」

到了小学，做不出奥数题且态度不好的时候，被联手数落；我闷声不吭，斜眼瞟着客厅电视机正放着的《家有儿女》里的爷爷在刘星被数落时，飞扑着护上来，把宋丹丹演的妈妈一阵数落；突然哇的一声大哭起来，倒把联手数落的两位吓得够呛。

现在想来，想不明白为什么有那么强烈的感情汹涌，但仍能记起那种委屈又酸楚的感觉。大概，小朋友更能敏感地发现自己的错失，也能毫无顾忌地表露出来。

而我永远不可能真正尝试着去了解他了。额头上仍有着擦不去的圣泥十字印，我无法确切知晓他的光辉、他的阴影、他的喜怒、他的爱恨，无法确认这固执刻板是否沿着骨血流传下来。无影无形的根断裂了，仍旧会感到痛楚，有如幻肢症一样滑稽但真切。

当《智取威虎山》开头，韩庚和小米、优酷的软广告一起出现，我感受到了同样的滑稽。这是提醒我们，徐老怪晚节就要不保？

并没有太长的时间留给你去思考导演自身的堕落。电影快速展开，一场小型遭遇战就开始了，打斗风格是徐克武侠的那种好看，节奏踏实凌厉，不是「手撕鬼子」的魔幻现实爱国主义。203、高波、「小白鸽」一一登场亮相，都是一张张年轻干净的脸庞，没有用老黄瓜刷绿漆，也正是书中人物应该有的明亮年纪。杨子荣打老虎，雪地里千钧一发，好几次斑斓大虎几欲把他直接吞掉，但总是有惊无险，战略上稳如泰山，是久违的革命英雄浪漫主义。威虎山八大金刚各有各的风格，各有各的凶狠和软弱，杨子荣单枪匹马，技高胆大，却又是熟悉的徐克武侠江湖。

不是没有看过《亮剑》，也不是没有看过《集结号》，李云龙的兵痞气让我厌烦，战争片的大场面总压倒了一切，父辈们的家国大义叙述，仍旧隔着一层天然的年代叙事话语隔断。《智取威虎山》打boss、开副本[1]的叙事结构，则让玩惯了网络游戏的我倍感亲切。虽然「脸怎么又黄了」，是父辈们添加的记忆脚注。小白鸽和高波、203感情的蜻蜓点水，短暂脆弱，却是父辈们继承中缺失的天真。

电影里杨子荣说：「但愿栓子他们一代人，不要有战争。」自然不是出自书中的杨子荣之口，而是出自徐克的推想，但在晨曦的俯照下，那么真实可信。「但愿朝阳常照我土，莫忘烈士鲜血满地」，就像十二年前，徐克让孙中山在《黄飞鸿——男儿当自强》说道。

最后的团圆饭结尾，逻辑上那么怪异。但是当203、杨子荣、坦克一大班子人，穿着破破烂烂的棉军装笑着热热闹闹地入座，五十八年前年轻人的脸庞，和现在年轻人的脸庞相互映照，同样的明亮青春。而当仍是小萝卜头的栓子，一本正经地接受韩庚饰演的孙子毕恭毕敬地敬酒时，老气横秋地说：「小伙子，长大了，好久都没有回来了。」祖辈比孙辈还要年轻那

---

1 开副本：「副本」的全称为「副本区域」（Instance Zones），指网络游戏提供给单人玩家或团队的专用地图。在那些区域中只会出现玩家自身及其团队的角色，不会见到其他玩家。

么多，毕竟总让人忍俊不禁，但伴着重新激昂起来的音乐，让我的眼眶湿润。

我感觉到某种断裂的东西轻轻地愈合上。比我们还年轻的祖辈，是另一种仰望的角度，是我们重新亲切弥合的过去，是我们寻回的天真，也是有着无限可能的未来。

最后稍显魔幻的飞机鏖战，也不是不能理解。而也许，这是「徐老怪」自己真正希望的，最后却被割舍的结局。

正如图宾根木匠在评论《蓝色骨头》时说的：「父辈就是历史，因为社会发展和文化代沟，这种历史可能是断裂性的（『根本性的转折』也意味着一条巨大的代际鸿沟）——于是，在子辈的眼里，父辈的历史呈现出光怪陆离的诡异色彩，或者说不可名状的传奇性——譬如《红高粱》，譬如《太阳照常升起》。」

在奶奶最小的弟弟，这个与大伯差不多大的也已苍老的祖辈口中，爷爷和奶奶的爱情也有着传奇的一幕：

在上世纪四十年代的杭州小镇，奶奶的父亲，一个经营小杂货铺的小商户，稀里糊涂被错划了成分，跪在泥地上，正要被枪毙。舅公作为最小的孩子，也和全家人抱作一团，生离死别哭得颤抖。而在千钧一发之际，家里消失不见了好久的小女儿出现，穿着解放军军装。这场死刑被拦下了，如同古老戏剧中的刀下留人一样，让人狂悲转又狂喜。怎样拦下的，他年纪太小早已记不清楚，是因为奶奶的那身军装吗？还是因为爷爷上级的批条？而能记起的人，都已死去。这是这个家族最传奇的时刻，也永远让这个家族的后人，有着无穷的想象。

中上书　骨头的颜色

父亲对我而言，是个知道自变量、因变量，却解不出明确答案的谜题。

我对父亲来说，也是个同样的谜题。只不过，他以为他对我的自变量、因变量，更加了如指掌。

◇

我熟悉父亲的书和杂志的程度，胜过熟悉他。

在装修之前，随搬家带来原先散落几处的父亲的几箱书，和几麻袋杂志，仅有的书橱委实塞不下，就垛在了沙发后面，倚着墙，看起来颇声势浩大。

最初在沙发上跳跃的时候，总会把它们想象成山丘和掩体，敌人就在这之后，抬起手便「啪啪」两枪，迅速卧倒。也曾借助沙发靠背，翻越到箱子堆之上，站在箱子上，「会当凌绝顶，一览众山小」。

但也恐惧它们。母亲说，家里的蟑螂都是从那里爬出来的。我见过一只蟑螂从那里飞了出来，黑褐色的背，被父亲一拖鞋拍死之后，腹部喷出了一大团卵，和水泥地难分难解。

这是我最初的童年阴影。虽然我很喜欢在枇杷树上父亲为我抓获的也会飞的知了，绕着腹部给它们拴上一段线，拿着线，这种有着透明轻薄翅膀的小生物就像直升机一样升起盘旋，顺着线给你细细的震颤。平时则把它们系在家养植物的树干上吸吮汁液。但是它们的寿命，或许仍要比自由自在、于大树上聒噪的同伴们短了很多。它死去的时候，四肢卷作一团，腹部朝上，掉入花盆里，我总要撕心裂肺地痛哭一次。

知了曾是我暑假里最好的朋友。

这一排联幢小楼，大多是住着年纪很大的老人，爬过雪山，过过草地，或是冒着炮火渡过长江；也住着一些他们的儿女，大多人到中年。周末时，孙辈们穿着初中或高中校服，匆忙地进，匆忙地出。

和附近的孩子，却不知为何，始终没有玩到一起去。他们住在同一幢或邻近的几幢楼里，玩着和我住在江边时不同的游戏。况且他们和我一样，也在周末的时候流连于作业、动画片与补习班，在暑假的时候，一个人被锁在家里。

那时仍是大脑壳的电视机，没有装上有线，只有地方台和中央一套可供选择。况且，自已在家看电视也不被鼓励。写完了或没写完一天当完成的作业，都蠢蠢欲动，要去翻阅看过那本盗版的《哈利波特与魔法石》，和父亲、表哥小时留下来的几册连环画版残本《水浒传》或《西游记》。翻多了，故事情节都烂熟于心，阅读也构不成消遣。

百无聊赖之下，我先从书柜翻起，例如像《二十四史》这些，看不懂，也不碰。看得最多的是各种「通俗演义」，不过也是往往缺了中部、少了下部，《汉代通俗演绎》我找到了上中下，有点仿文言的白话，每部结束都有自称「小子」的结语，文中也穿插着一些断语，有点像B站的吐槽弹幕，挺有意思。

至于文中不认识的字，是决计不查的。懒是主要，囫囵吞枣能看得懂情节就可以了，也并不影响趣味。

在盖有父亲藏书章的中学生作文选里，高中生的生活并没有那么遥远，仍是围绕着学业和友情，只是华国锋主席在梦中对他们说，要敢于和难题斗争，永攀科学高峰。

箱子里的，大多是父亲在电大中文系的教材，和他那时买的一些算是沾边的闲书。汉语类的教材，翻看过，让人头大如斗，比如《现代汉语》（虽然现在自己也学过，但头仍大着）。其中散落着好几本「五角丛书」，有的讲特异功能，也刊发外国短篇小说，饶有趣味地翻看过，只是总数不多。如痴如醉地读过的，是一本白话文版的《聊斋志异》，把它偷偷藏在作业堆里，逮着机会就看上几个故事。

有故事、有趣，是我从这些书里作出取舍的唯一标准，这本身不过就是孩子挑选喜爱的玩具。

在其中，我看到过一本薄薄的小书，辑录了丁玲、郭沫若等一众作家谈童年的文章。拜J.K.罗琳的《哈利波特》所赐，成为作家当时是很多孩子的梦想；四年级学写信时，班上大部分人都把信写给了她。但这本书告诉我，假如想成为作家，你必须有一个与众不同的童年，大大摧毁了我长大以后成为作家的梦想。

而之后我又看到了一本更奇特的书，它从拿破仑、尼采等西方名人的伟大事迹，推导出他们童年和少年时代是如何的自我磨砺，如何自寻麻烦但终于成为了伟大人物。于是我顿有所悟，决心要努力让自己慢慢地有那么一点和其他的小朋友不一样起来，比如和那些伟大人物一样，多使用自己的左手。

现在我在刷牙时、挤毛巾时，仍用惯了左手发力。但我没有成为一个作家，也没有成为一个伟大人物。没有与别人不一样，有时的不合时宜，只会让我感到不安。

父亲对我翻看这些书自然是知道的。他没有反对，也没有表示赞成。虽然在发现我写作业的时候偷偷看书时，照揍不误。

就像当这座小城的任何家长知道自己的孩子奥数不及格时一样。

◇

我和父亲从来没有谈论过彼此的阅读，即使是现在。

在那时，父亲有时会带我到本地的新华书店，和那里的小朋友一起或坐着或蹲着翻看童书，也会带我去本地师范大学旁的几家小书店晃荡。

那里的老板看上去总和他相熟，他放任我在店里乱走，和老板谈新进的书。有时会带一本回家，藏住，再拿出来。家里的书在母亲眼里，太多了。

我记得那些书大概的种类。先是历史偏多，而后是创业，以及一些他要用到的计算机基本操作教程，正是中年男人的阅读偏好。

他也会给我带一些书回来，一些中学生作文选（「站得高，看得远」，他说），一些超强记忆术，还有一些学习方法经验，比如当年大热的《哈佛女孩刘亦婷》。

直到装修之前，他们商量后决定，把堆在沙发之后的书，处理掉没有用的大半，再把小客厅改造成书房，买一排书橱，尽量把所有的书都塞进去。

离真正动工其实还有一年多，不过父亲打算把装在麻袋里的杂志先行处理掉，于是初中暑假的某天，他挺随意地跟我说：「你要是感兴趣的话，可以翻一翻那些麻袋里的杂志。暑假的话，也可以消磨时间。」

其实我觉得他并没有觉得我真会去看，但他把那些麻袋都拖了出来，靠在箱子和沙发之间。

出于好奇，我随手翻了翻，大部分都是《中篇小说选刊》和《花城》，也有一些其他的杂志。在暑假的时候，我读完了一部分，在开学后的很长一段时间内，我粗略地把所有的读完了。

这里面的故事，和我之前读过的故事都不太一样。在阅读它们的时候，我似乎不在地球表面，但又有一种熟悉的荒诞感，仿佛脚尖离开地面正好三寸，低空悬挂在椅子之上。

这些杂志太老了，讲的都是我出生之前很久的故事。在最年长、纸页最泛黄的杂志里，「伤痕文学」仍是杂志的主流，在被打乱叠放的杂志里，我陆续看到了《绿化树》《灵与肉》，在后来的那场风波里，张贤亮的作品在微博上被我的同龄人评说时，原谅我心里总是带着不以为然：「你们真正看过他的几部小说！」张洁的《祖母绿》，则或许不幸已被时代忘记，阅读时其实我更喜欢它。

通过那些阅读获得的那些虚构的记忆，都太过沉重；坦诚而言，对一个孩子来说，毕竟不太合适。可能我少年时的孤僻猜疑，大半来源于此，虽然也有可能，我生来如此。这么说，有点装逼了。但仍然值得庆幸，我第一次看到的，不是「用黑色的眼睛来寻找光明」的顾城，而是「他」在《英子》里的软弱矛盾；不需要膜拜因为诺贝尔被抬上神坛的莫言，我从《透明的胡萝卜》时就认识了他；我没有把时间浪费给少年作家XXX与XX之流，在现在仍能每每骄傲，自己有着还算不错的文学品位（虽然眼高手低）。

而于我而言，最重要的是，我觉得我与父亲，和这些作者一起，抱持着一团隐秘的火焰。我和他从未探讨过人生、理想诸如此类，我们都疏于表达，也难以达到汪曾祺在《多年父子成兄弟》写到的那样的无间，日常而言，可能在一般人眼中，都过于疏离。但有了这团火焰，在世界上所有人中，我和他的关系，仍旧最为亲密。

我和他的关系，本来太有可能成为他和爷爷关系的翻版。

◇

只是我从来没有问过父亲为什么会买这些杂志。

这些杂志最新的一期，停留在了一九九三年。在一九九四年，我出生了。

在母亲的相册里，有父亲年轻时在工厂新年聚会上吹笛子的照片，神采飞扬。他们在工厂结识，自然而然地恋爱、结婚。

其后工厂越来越不景气，母亲怂恿父亲，去北京闯一闯。姑丈在北京做家电生意，已经有所积累，正需要家族人手。

五岁之前，我和他是陌生的。只有过年时，他才会回来大概一个星期，便又匆匆赶回去。母亲说，在他回来抱我的时候，我会吓哭；在到火车站送他走的时候，我也会哭。

后来，他回到了这座小城，再没有回过北京。

在某段时间，在家和我呆在一起的时间，他比母亲要长。母亲离开了工厂，转岗到另一个单位。

其实我在箱子里见过他在报纸上发表的文章，虽然大部分是作为工厂宣传科干部的通讯，被剪成一块块的，夹在书里。大概在卖书的时候，也一并卖掉了。

我小时候的作文本，被收在壁橱的抽屉里，这么多年也没有被扔掉。那时候我作文成绩还不错，在表哥来这过年时，父亲还特意拿出来让他看过。

高考前，他给我买了作文素材的月刊，让我多看看之前他给我买的高考满分作文。他说：

「你之前的文笔挺简洁的，现在有点罗嗦了。」

这是我们唯一一次谈论写作。

◇

我唱歌跑调，五音不全，听音乐时也总习惯戴着耳机，公放总觉得羞惭。

父亲喜欢在洗碗的时候唱歌，在楼上写作业时，经常听见他唱《一棵小白杨》，要不就是《爱拼才会赢》，以及作为调剂的其他曲子，我听过他唱周杰伦的《菊花台》。他唱歌时从不跑调，音准极好，这一点我没有继承到。

我在楼上戴着耳机，偷偷听歌写作业。口味从班上流行的周杰伦，再到粤语歌，再到「魔岩三杰」，在大概是青春期的某段岁月里，我听得更多的是豆瓣电台上听来的台湾小乐队，也有崔健。前者很好理解，是中二少年惨绿青春伤春悲秋，就和大部分的同龄人一样；而后者，似乎有点乱入。

「崔健的歌，就是贺尔蒙的团支部，就是贺尔蒙的党组织。」上了大学，偶然看到刘瑜写听崔健的回忆，才恍然大悟。但其实，我也并没有把握说，我听懂了崔健。

父亲比崔健大一岁。他们是同时代的人，在某种意义上，他比我更有资格谈论崔健。

而唯一一次我们一起听他的歌，是在我上大学后。一起在电视看某个音乐选秀节目上，一个看起来比我大不了几岁的姑娘上台，唱了一首《让我在雪地里撒点野》，他只是微微诧异，说：「现在的孩子怎么唱这么老的歌？」

他不知道，我那时也正是对崔健最痴迷的阶段。

父亲喜欢的，是「朝花夕拾杯中酒，寂寞的我在风雨之后」的《中华歌谣》、「带走一盏渔火，让他温暖我的双眼」的《涛声依旧》。我仍记得某日电视突然放起《涛声依旧》时，他激动地对我说：「看看这歌词，写得多好。你不是学过《枫桥夜泊》吗？写这词的人把意境写活了。『旧船票』这句，多形象。」

我觉得他有些失望，应该觉得我忘了这首歌。小时候被他用自行车带着去上学的时候，他总是要教我唱这首歌，我还记得。

在他的记忆里，我一直喜欢着周杰伦。每次电视放周杰伦的歌，他都要说一声：「这不是你喜欢的那个唱不清楚词的那个谁吗。」

每次我都觉得挺尴尬的。但总不愿说，现在已经没那么喜欢周杰伦了。

而和他谈崔健，则总太「那什么」了。

◇

父亲和崔健的认知有一点大概相同，他认为我也是一个春天的花朵，「开在了春天里」，就像《蓝色骨头》里唱的那样。

其实我也这么觉得，相较于我在《花城》和《中篇小说选刊》里看到的那些而言，实在是幸运。

人们说「代沟」来自于两辈人之间的生长环境的撕裂，这客观存在无法改变。而有时我想，在某种程度上，我与我的这一代人相比，应该更能了解上一代人，虽然这些记忆都复刻自虚构体裁的小说，大概不过是一种盲目乐观的自信。

父亲大概也认为，他对于我们这一代人的了解，要远远超过他的同龄人。

他念念不忘，我的打字还是他教的。有时我正上网打着字，他正好经过，会埋怨我这么多年盲打的技术还是没有完全练就。确实，在初中玩《传奇世界》的时候，是他的大号带着我的小号，而他的操作技术，也要比我高明许多；他上我高中贴吧的次数，比我还多。

虽然他毕竟更喜爱电视。

父亲热爱七点整时播出的《新闻联播》，在我离开家的时候，这是他和母亲每天必要的活动，带着庄重的仪式感。

他也要教育我：「你学新闻的，不看《新闻联播》怎么可以。」七点的时候看 CCTV6，他仍要坚持在九点的时候看央视新闻频道的重播。即使他无师自通，学会了用他的小米手机刷微博、上微信，看得最多的也是推送的新闻，也仍要坚持看《新闻联播》的习惯。

很多个夜晚，我在楼上打开计算机，刷帖子、看美剧，他们则在楼下看电视机里的电视剧，即使有了网络电视，仍旧是喜欢有广告的直播台。

父亲喜欢看节奏缓慢的韩剧，更偏于宫廷剧那一挂。我尝试和他们一起看过，但终究是节奏过于缓慢、情节平淡，看惯了美剧的大鱼大肉大荤大腥大开大合，实在是撑不下去，拿出手机开始看朋友圈。

他瞟我一眼：「你要不去玩计算机去吧？」我如蒙大赦，他摇摇头，有点感叹。

其实我们俩，骨子里是差不多的固执。我明白这一点，他应该也明白这一点，我们从不谈论任何内心里必定互不相让的问题，因为聊到最后，不过是我们仍旧固执己见，虽然我俩觉得在心里理解了彼此。高中时我一进学校就想去选择文科实验班，他有所疑虑，但终究让我自己拿主意，而高考的专业填报，也是如此。

其实我想问他很多问题，但终究从来没有问出口。在完成上一次新闻采访的作业时，我曾与好几个素昧平生的唱片店大叔聊起他们的年轻时代，甚至能够相谈甚欢，而在父亲这里，却难以开口。「五十知天命」，他的生命已进入相对安稳的河湾，对他而言，再没有意义，对我而言，其实非常尴尬。亲人之间，其实大半如此吧。

而他也从没有问过我以后的计划。大概他也知道，我其实骨子里计划长远，对自己的焦虑和压迫太多，虽然我喜欢都压着，装作若无其事。

只是他大概仍是操心，也从来不和我直说。只是母亲有几次打电话来，都担忧地说：「一定要好好学习啊，不要挂科。」拿着手机，我不知道该哭还是该笑，他们都没有上过四年制的大学，凭直觉觉得，挂了科大概就拿不到毕业证书了。

我想，其实是他叫母亲问的。小时候和他学吹笛子，只学了架势，而总是不太勤奋，但总是焦躁着什么时候能学会吹更高级的曲子。在这点上，他再了解不过我的眼高手低，记着要时不时敲打我一下。

◇

冥冥之中，王小波、林白、薛忆沩，这些我喜爱的作家，都在一九九四年的《花城》初次登场，庆幸我终究没有错过，通过不同的途径阅读到他们。父亲的那些杂志停在了一九九三，当他听到他们的名字，总归是陌生的，并不会像他在电视听见王安忆的名字那样激动。

就像父亲对我而言，随着他的年老，有些谜题会更加深埋，而有些谜题，我开始有所领悟。就像我对父亲而言，是越长大越复杂的谜题。他可能会觉得，对我一路成长的所有自变量、因变量都了如指掌，而他只会对我越来越失去推断成功的把握。

我们逃离不了这样的过程。而或许，我已经开始等待。

而我只是知道，我的骨头，和父亲的骨头，都有一抹同样的色彩。

而骨头，是别人看不见的。

中下书　表哥

表哥比我大十八岁，是和我接触得最多的同辈亲戚。

父系的亲戚散落在全国。表哥是舅舅的独生子。舅舅和母亲，兄妹也只有两人，两家都仍在这座小城。

在我七岁之前，仍住得离长江不远，这几幢楼的地基之下，是个大大的水产市场，晚上总会伴着不远马路上卡车过往的轰隆声，和一并卸下冰块和鱼虾的哗啦声入眠。两家就住在楼上楼下，平时走动也就更为频繁。

七岁之前的记忆，都自然模糊了。我妈说，小时候我最喜欢黏着表哥了，大概是因为大人都喜欢又揉又亲地「蹂躏」我，表哥倒是对我没有什么太大的兴趣，这反向助长了我对他的兴趣。

一个什么都不懂，路都走不稳，咋咋呼呼恃宠捣蛋的爱哭鬼，更总得让他担上惹我哭的不白之冤，现在想想，也是头疼。

那时他也才二十出头，和我现在一样不尴不尬的年龄。表哥中专毕了业，去了舅舅上了二十几年班的那家事业单位上班，也并没有上太久。在外得是大人，在家还得是乖乖听话的大人。

莫名其妙记得的是，那时候电视正热映的电视剧还是《小李飞刀》，大人看剧情，而我也看了支离破碎的热闹。电视上的人飞来飞去，还有小刀咻咻，简直和 Ultraman 一样，让我心潮澎湃。单元楼里的小朋友，白天疯跑着游戏的时候，也要角色扮演一番，自然是在稍大的头头下分配的：「我是小李飞刀，你是阿飞，你是龙啸云……」剩下的想不起名字的就自由发挥。

在家也是要练习的。我依稀记得，有一回我缠了他好久，先是要求我来扮小李飞刀他来扮阿飞，百般央求下又委曲求全让他来扮小李飞刀我来扮阿飞，并殷勤献上塑胶飞刀一双。他扫了我一眼，竟然笑了出来，说：「你知道阿飞是什么意思吗？」

我一定好奇地睁大了眼睛。他悠悠地说：「小痞子的意思啊。」

那天玩没玩成，确实记不清了。不知道为什么我把这个词铭记在心，大概那时候我还有敏而好学的精神。之后我逮着了一个机会，问我妈：「小痞子是什么意思？」

之后便被狠狠打了几下屁股，至今记得哭得昏天黑地，委屈得要死。「这不是个好词，从哪学会这些的？」我似乎并没有供出他。

但这一定给我留下了极大的童年阴影。毕竟去过了一次北京，只记住了天安门很大、长城台阶很多，对熊猫都没留下什么印象。

从北京回来之后没多久，我便搬到爷爷的「碉堡」小楼去了。不太认识大院里的其他孩子，再也没有玩过这种角色扮演的游戏了，也上了小学。和舅舅家的来往也变得少了，大多在国庆和春节假期，舅舅带着一家子先来我们这边过一天，第二天我们再过去呆一天。

三年级的时候，表哥自己在计算机城，拼回来了一台大脑袋的台式机。我们刚刚开始有微机课，那时候机房是全学校最神圣的地方，除了一定要先排队，被检查好都戴上了鞋套才可以进去，还有永远拉着厚窗帘的大窗户，以及像课本插画图样的磨砂玻璃围栏。在我们心中，计算机是胜过一切的高贵玩具，尤其是在我们学了微软自带的画图软件，和发现了4399小游戏网站之后。

在我心中，表哥的形象金光闪闪。每逢到舅舅家去，总是格外地听话，对表哥也是格外地谄媚。末了，到了下午，总可以被特许，去房间里玩一下计算机，父亲也按捺不住要去看看。微软98的系统现在想起来是格外地缓慢，我满怀激动地点开画图软件，握着鼠标画啊画，一只只线条抽象的小鸡被铅笔工具勾勒出来，然后是油漆桶工具泼上浓墨重彩，之后打开4399，没玩完几局泡泡龙，就被叫去吃晚饭，满怀留恋地被拎回了家。

终于有一次（可能过了一年），表哥在我兴致盎然地连玩了十几个小游戏的情况下，鄙视地看了我一眼。他夺过鼠标，退出页面，点开了桌面上一个名为「金庸群侠传」的EXE。他示范了怎么用鼠标控制人物，进行基本的情节对话之后，就把我抛下被叫去凑麻将局了。等他再回来，我已经战死了几个轮回。他默默地打开了另一个叫「金山游侠」的EXE，修改到了无限生命无限金钱的模式，又回去救场。

这是我第一个打通关的游戏（虽然开了金手指），这也是我武侠小说生涯的一个拔高点。

地方电视台永不厌倦地用黄日华版《射雕英雄传》、吕颂贤版《笑傲江湖》、古天乐版《神雕侠侣》来填充寒暑假开始，到寒暑假的结尾。央视的张纪中版也一路拍到了《天龙八部》。不管有没有看过金庸的小说，班上的同学大都对金庸小说的情节相当熟悉，尤其是男生，在讨论赵云、吕布等等三国武将的武力值排名之外，加上了讨论金庸小说的伏笔细节，恨不得都要把小说烂熟于胸才能显得自己技高一筹。《金庸群侠传》把「飞雪连天射白鹿，笑书神侠倚碧鸳」里的厉害人物差不多一网打尽，给当时的我多少脑洞也开不成这样啊。也因为它，我对金庸燃起了热爱的火焰，花一个暑假把那几本最重要的书看了又看，作业都在最后的三天草草急就（可能是一辈子效率最高的三天）。

表哥倒开始经常到我家晃荡，通常是因为相亲。总是在我家先等着介绍人，然后带他出去，和带着女方的介绍人在某家茶餐厅或咖啡厅见面（实际上这两个地方永远被混为一体）。和在我家过节的日子相同，他乐于翻看那些纸页发黄暂且用麻袋装着的旧书，也一起坐在沙发上，看着电视里重播的金庸电视剧。

大人乐于和他讨论演员的美貌程度，现在揣测来说，我觉得是要判断表哥对女生的审美倾向。

而我郑重地和他谈论对武侠小说的理解，虽然他永远看起来心不在焉。更多的时候，他更乐于在那些旧书里搜寻稍有意思一点的书，比如翻出来的厚厚三大本世界名著概要，立志把出生于它之前的世界名著都缩写成大概不超过两千字的短文，虽然还残了半本。他半是认真半是不认真地对我说：「要是你把这都看了，出去别人都会觉得你挺厉害的。」按现在的话来说，就是「装逼利器」。我谨遵教诲，看过几遍，倒是染上了什么都知道什么都不太懂的积习。

而当某年大年初二的晚上，他从我正看的《笑傲江湖》里翻出我藏着的奥数只有四十多分的卷子，大大地嘲笑了我一通，被我妈听见，让我过上了一个最凄惨的新年的时候，我对他当然有了仇恨的理由，发誓再也不要殷勤地跟在他的后头。

而他似乎并没有发现我思想感情的转变，倒是和我没话找话。我坐在椅子上看东西，他满屋绕了好几圈，试图去翻书，最后绕到我面前，向我感叹：「没意思，真没意思。」我想，那么点书，翻多了就发现挺没意思的。后来我觉得，或许这是一句真诚的人生感慨，也有可能是他对我的第一句无意识的人生忠告。

我也翻过他堆在房间里，小书摊上买的那些书，大概都是一些历史揭秘和仿传奇体的小说，还有黄易和古龙。而我兴趣更大的是，他买的那些也并不是正版的游戏光盘。初中有了计算机以后，《剑侠情缘》《流星蝴蝶剑》都是从他那里大摇大摆地拿光盘回去装好玩的（大部分都没还），虽然之后对 RPG 游戏越发厌倦，投向了实时战略的怀抱。

他也并没有催着还。

只是我越长越大。再然后，我上了高中，作业越来越多，也被限制了玩计算机的时间。他仍旧有时回来这里等着，而我很多时候都要赶作业，大多匆匆下楼见一面。到现在，上了大学，身在外地，更多的时候是听电话里母亲说起他的消息。

听说他买了自己的房子了。听说他现在主动停了网。见面的女孩子问他的QQ，他说不上网。到了今年，听说他那台大脑袋台式机已经报废了，但并没有再买一台的意思，我终究震惊了一下。

想起初中毕业的那个暑假，中考不错，没了作业，有一大把的时间可以耗费。那是便格外痴迷于DVD自带的光盘载入的街机双人手柄游戏，在家是和父亲一起打，只是手柄是自带的，按键用久了便老是失灵，战斗过程中让人尤其火大。也被带着去舅舅家闲逛，和表哥就用电脑模拟器来打《侍魂》《拳皇》，他拿一柄，我拿一柄，打到激烈的时候，总要一起骂骂咧咧。假期结束的时候，他把手柄送我，说：「我不用了。」而上了高中，就是半个月的军训，我也逐渐淡忘了这个爱好，手柄和游戏光盘一起放在柜子里暗无天日。

重新把手柄找出来，是十五针的VGA接口，笔记本计算机只有USB接口，不能用了。其实并不重要。只是，有些黯然。

后上书　你看，那个人好像一条狗

说来奇怪，《大话西游》作为一部不怎么正经的非主旋律香港电影，与很多和我差不多大的朋友一样，基本都是在央视电影频道第一次看到的。这么说来，播过的次数，也一定会不少。

情景大概都是这样的：小学的周末，或者是刚放暑假的中午，写完了作业，于是经父母法外开恩，中午可以看一会儿电视。遥控器不知怎么换到了CCTV6，上面有熟悉的《逃学威龙》里的周星星，却穿着红艳艳的戏服，脖子上被横着剑，说了一段长长的台词，却没有以往那样好笑。

他说道：「曾经有一份真挚的感情摆在我的面前我没有珍惜，等我失去的时候才追悔莫及，人间最痛苦的事莫过于此。你的剑在我的咽喉上刺下去吧，不用再犹豫了！如果上天能给我一次再来一次的机会，我会对那个女孩说三个字：我爱你，如果非要在这份爱上加一个期限，我希望是一万年！」

我们陷入莫名其妙中，而父母默默抓起了遥控器，换了台，撂下一句，「这什么乱七八糟的」。

电视机里女孩子满是眼泪的漂亮的脸一闪而过。

不知不觉，在电视上看过好多《大话西游》的零碎片段，却从来没有机缘完整看过一遍。

不知道什么时候，《西游记》里面如冠玉的唐僧我们都不记得了，认定了唐僧一定就是这个磨磨唧唧念念叨叨的样子。「Only you，伴我西天去取经」，是起哄时常用的 BGM 之一；「人是人他妈生的，妖是妖他妈生的……」、「你妈贵姓」，则是在 QQ 上互损的金句。

「我要这天，再遮不住我眼，要这地，再埋不了我心，要这众生，都明白我意，要那诸佛，都烟消云散的自由。」在「三国」和「水浒」之后，男生们为《悟空传》再一次陷入了疯狂。但没有《大话西游》，会有《悟空传》吗？

「我从《悟空传》里看到了许多《大话西游》人物的影子，只不过他们换了形状。」王家卫说。

那是纯真热血的少年时代。

我们慢慢长大。去电影院看到的周星驰，都不再是那个运气总不是太好，但总会鸡贼[1]地哈哈哈大笑，年轻顺眼的「周星星」，而是有着花白头发，在电影里越来越少笑的「星爷」；虽然《功夫》里的大招「如来神掌」跳出大气层的特效，比《百变星君》里的绝杀变电饭煲要酷炫太多，但总带着遗憾。

今年《大话西游》重新在电影院上映。微博上的推介语是：「欠星爷的电影票，终于可以还上了。」

那就去看吧。坐在电影院中，突然意识到，这是第一次完整地看完了整部片子。周围黑漆漆的，旁边坐的都是一对对年轻情侣。

在大银幕上紫霞仙子在至尊宝心里留下一滴泪的时候，前排旁边有女生抽泣起来。影影绰绰，和她一起来的男生，搂紧了她。

突然之间，发现了我们也到了理所当然会把「如果上天能给我一次再来一次的机会，我会对那个女孩说三个字：我爱你，如果非要在这份爱上加一个期限，我希望是一万年！」当作电影高潮的年纪。多么惶恐。唐僧仍旧那么磨叽，牛魔王仍旧那么胸大无脑，笑点那么多，全场都不怎么有反应。女孩子捂着嘴轻笑，男孩子也矜持了起来。

二十岁。过了尚能算作早恋的年龄，临门一脚，晃荡着踢进了成人世界。爱情这种东西，似乎一过这条分水线，便被视为理所当然就具有的能力，甚至我们并不明白爱情的定义。就像人们理所当然地认为，狗都有摇着尾巴讨人欢喜的天赋，但总忘记这世界上有些狗是没有尾巴的。

男孩又低语了一些什么，抽泣的声音很快烟消云散。是「我会爱你一万年」的甜言蜜语吗？天真又信誓旦旦。在接近尾声时，转世成侠士的至尊宝和同样转世的紫霞仙子在城楼上拥抱，已经成为齐天大圣满脸猴毛的至尊宝黯然走远。

---

1 鸡贼：原意为吝啬、小气。现在大多用作耍耍小聪明，有一丝狡猾，但吃相不太难看的意思。

侠士说：「我也看见了，那个人好像一条狗啊。」

全场突然爆发出了整部电影最大的一次笑声。我没笑，也有点黯然，往椅子深处挪了挪，圈紧了看不见的尾巴，就像那种没有尾巴可以讨好别人的狗。

散场之后，情侣们脸上的感动也慢慢褪了下来。电影院门口一对对停住，男生掏出手机，女生在荧幕上指指点点，或许在团购晚上的情侣套餐。标配的情侣约会流程，完美的一天。和眼泪一起，「我爱你一万年」，被遗留在擦拭泪水的纸巾上，揉成团，被遗留在座位扶手上，等待在下个场次流水线上产生的同伴。

突然想起其实不久前，我们用MP3听着歌，那个叫后弦的歌手唱道：「石板桥老城角回忆回到回到那学校，那第三排第三号坐着传说中的女主角……想请教山神庙谁是你传说的至尊宝，我猜不透摸不着桌上刻着不知道，打开第一页字两行悟空悟空也会有烦恼。」同桌的男生总是哼着这首歌，因为当时他喜欢的那个惹人喜欢的小女生，在那段时间正坐在第三排第三号，也总是不知疲倦地传着纸条。最初的悸动总是无疾而终。现在他有了女友，也会陪着女友去电影院看《大话西游》吗？是不是也会在恰好的时刻，牵起身旁人的手，说着「爱你一万年」？

一切都没那么糟糕。

我恐惧的只是，《大话西游》对《西游记》的故事架构的颠覆、后现代的解构、无厘头的演绎，让我们在某种意义上以为商业片也可以喧闹但深刻，感觉自己挣脱了束缚，以为爱情可以用另外的语言言说，但最终我们发现，「我爱你一万年」和「钻石恒久远，一颗永留传」并没有任何区别，不过是快餐爱情的另一个符号，「反叛」不过是「媚俗」的另一种姿态。

一个离经叛道的王子，并没有选择公主，而是选择灰姑娘作为终身伴侣，但他婚后一觉醒来，发现和灰姑娘的爱情故事成了最流行的故事模板，灰姑娘也被加冕成了公主。狡猾的老国王笑了。

一只自以为聪明的狐狸，没有陷入一个圈套，却最终陷入猎人最隐蔽的另一个圈套。

再没有这让人更心灰意懒。

「一万年太久，只争朝夕。」周星驰在《西游降魔篇》中告诉我们。

而只争朝夕，从不是只要一刹那的感动，更不是只求虚假的圆满。

替身至尊宝和替身紫霞在城墙上相拥的那刻，并不能替代成为大团圆的结局。只是让已成为大圣的至尊宝的身影，更加悲凉。

「那个人好像一条狗耶。」

而我只是想让我无形的尾巴，在空气中静止更久。

后中书　同辈：一封信

G君：

如晤。

又喝上了长江水。蹲在家里，你发微信过来说，又去淮军公所溜达了一番。你说，保定的第一场雪，也就这么落下来了。此刻仍小，但我想，北方干燥的、鹅毛一样大的雪花，稍缓便会挤满了灰色的天空，声势壮大地落下来。不会有南方小雪的泥泞，踩上去可以咯吱咯吱地响，在想象中落满破旧宅院的屋檐和场地。白茫茫一片，间有枯树、断垣的墨痕，其中微茫的一个黑点，大概是你吧。

突然想起十月份一起去看《黄金时代》，那一场哈尔滨的大雪。萧红裹着萧军的棉大衣，两个人都兴高采烈，挽着手臂，在哈尔滨夜晚的积雪厚得惊人的大街上，一脚深、一脚浅地走着，每一步都需要费力地把脚从雪里拔出来。萧红的鞋带断了，萧军把自己的鞋带截断，弯着腰，弓着身，帮她系上。街灯昏黄，系定，两人相视一笑，搀扶且推搡着往前走，像是要温和地走进一个良夜。

虽然我们一致认为，这是电影最温馨的一幕，但这仍是一部揪心的电影。电影里没有一个真正明亮到可以照亮大银幕的人物，每个人都有着晦暗和疏离，即使是许广平，即使是鲁迅。大时代背景下，他们东奔西走疲于奔命，我们也终究疲于赶上。萧红和萧军的爱情，拉扯到了最后，也只让我们感到倦怠。

在电影的后半场，到了武汉的场景，牵着手捧着爆米花来的情侣已经走得七七八八。这终究不是一部适合仍处热恋能拉着手一起来看电影的两人的片子。而我其实也暗暗地想，第一次一起看电影，虽然彼此都对剧情有心理准备，到底仍旧也会沾染上些意兴索然，等下吃饭时会不会也两两对望面目可憎。即使我自告奋勇充当弹幕，在节奏转变时低声向你吐槽了一众现代文学史八卦猛料，但终究是于事无补，到头来，我自己的心先落了下去。你揉了揉我的头，拉我出去。

然后我们去到地下，逛了沃尔玛，去吃呷浦呷浦，两个人面前的小火锅都咕噜噜地翻滚着，手忙脚乱地帮对方把蔬菜倒下锅，但捞上来又彼此夹来夹去，麻酱乱滴。

萧红们的苦难在一瞬间都被忘却，感谢我们并非是专业的中文系学生，不能在那个瞬间就发现我们的「政治不正确」，仍旧可以笑得非常开心。

说起《黄金时代》，说起「政治不正确」，想起要和你说，蹲着的这几天，又重温了王二的《黄金时代》。《二〇一五》年来临了，让人想念他。我曾和你说过，王二是我在文学上的初恋之一。那时候，我只是觉得王二是个特别好玩的作者，经历坎坷但总打趣，从不苦大仇深，天然地让人亲近。但随着我越长越大，读了一堆用各种主义解剖他的论文之后，只觉得头大如斗，不再能感受到乐趣。但又让人隐隐觉得，如果从中只能感到「乐趣」，而读不出主义，那又是一种「政治不正确」了。作为报复，这次我先读了《绿毛水怪》作为铺垫，洋洋自得地觉得那时王二的水平也并没有比我现在高到哪去（此句阅后即焚），虽然「我」和妖妖的段落仍旧是那么能够戳中我。

摘录给你看：「我一看书名：《涅朵奇卡·涅茨瓦诺娃》。……当时我最感动的是卡加郡主和涅朵奇卡的友谊真让我神醉魂消！不过你别咧嘴，我们当时还是小孩呢。喂，你别装伪君子好不好！我当然是坚决地认为妖妖就是——卡加郡主，我的最亲密的朋友。唯一的遗憾是她不是个小男孩。我跟妖妖说了，她反而抱怨我不是个小女孩。可是结果是我们认为我们是朋友，并且永远是朋友。」

你可以把它看作是我和你说过的王二和陈清扬的「伟大友谊」的雏形：「只要你是我的朋友，哪怕你十恶不赦，为天地所不容，我也要站到你身边。」与你所熟悉的刘关张结义的「不求同年同月生，但求同年同月死」相较，其实也并不逊色吧？

我也总以为，不管怎么说，你读过了《革命星空下的坏孩子》，怎么不会要好奇去读一读正主——那只下了一切蛋的母鸡写的书呢？写到这里，颇有些愤愤，我想为王二抱个不平了，你说说，「画风不对」的原因又是什么鬼？但转念想到，我对你喜欢的那些先生的大作，虽然勉力翻过几页，着实因为艰深看不懂，最终也只能保持敬畏仰望的态度，又讷讷了。但是，不管怎么说，妖妖和「我」攒钱在旧书店买书的桥段，你是一定会喜欢的，希望你能看到。

再说到，去读《黄金时代》。这次总算理直气壮地摆出了「普通读者」的气焰。感觉甚是平淡的段落就匆匆跳过，每逢王二耍贫的段落就傻笑得可以。横躺着读，侧卧着读，把纸页翻得哗啦啦响，就像读《知音》或路边散发的女性医院广告杂志上（统称新世纪的《三言二拍》）的世情故事，从虚假到真实却从天真到失真脑补出了《Rock 恐怖秀》的结构，从陈清扬因两巴掌爱上「我」读出了《五十度灰》的情怀。身为小波门下走狗的要从宏观上把握王二精神、从主义上解构文本细节的共同章程和自我要求滚了蛋，却仍阴魂不散要在最精彩处放声冷枪，把「下半截沉在黑暗里」，仍拦不住落后腐朽且猎奇的视角作为上半截懒洋洋地「仍浮在阳光中」。

其实不过是另一种形式的负气斗狠了，我讪讪地想。兵荒马乱人们肖想桃花源记，太平盛世人们肖想大江大河。「政治正确」也罢，「政治不正确」也罢，都不如「绿蚁新醅酒，红泥小火炉」，不如「能饮一杯无」。保定的这场雪，仍旧是下得太晚，或是太早。

也突然想起《黄金时代》里那碗还带汤的肉丸子。还记得吗？在那个简陋乱哄哄但热闹闹的食铺，萧红萧军有了钱，点了一大桌子菜，旁边有个老爷子不停地翻炒着一锅肉丸子，萧红不由自主地盯着看。萧军发现了，萧红说已经有了一大桌子菜，况且也有肉了，萧军最终买了，说：还带汤呢。

在这部处处注重真实历史材料出处的片子里，关于这碗带汤的肉丸子的细节我百度了一下，却没找到出处。说不上是严谨的「正确」，也说不上是胡编乱造的「不正确」。在搜索的页面上，我倒发现有好多像我们一样的普通观众，甚至是更为专业的影评人，也把关注点放在了这碗肉丸子上。没什么钱、有了肉，买肉丸子仅仅是因为有汤，就穷人的政治来说，是「没钱任性」，多半也是「政治不正确」的吧。但热腾腾的肉丸子在银幕上一端上来，我的心里也跟着热乎乎的。

「饮食男女，人之大欲」，解读或是过度解读，都在一瞬间缺位了。身上笨重的盔甲一瞬间落地，赤裸得羞愧，但坦诚得脆弱。想起了耀辉的那几句词：「将双方之间差距变为极微，当装饰统统撕去猝然望见罅隙，当中的风光吸引我潜入你。将双方之间拉锯变为妩媚，当张开中的新世界藏着了我跟你。」

愿你这次能遇见上次同去见着的那只墙头猫。那时候还是初冬呢，已经晃荡了一个上午，开了大半天十一路，穿街走巷，总算到了淮军公所。你隔着挺远就开始拍这一片乱入的徽派建筑，我实际上已经开始腹诽（本省人看多了总会审美疲劳）。你狂按相机，我在后面数着步数跟着，突然你叫我去看，抬眼外墙头上蹲着一只浅棕色的狸花，露出一排细小洁白的猫牙，正打着一个大大的哈欠，幸亏你眼疾手快，把它和浅灰色的房檐雕花一同抓拍了下来。不似野猫雄浑的叫声，它小声咪呜着，放松地晒着太阳，余光看着我们，气度浑然，只是再也不肯看向镜头。我们一致认为，它是建国前成精的镇宅神兽。那张照片，你把它打印出来，我把它贴了在书桌上面的墙上。不知道不在的日子，它有没有蒙灰呢？

虽然对老建筑残破的废墟，总是没有你那样的兴趣，也总会抱怨着走街串巷脚力不支，虽然等你拍屋檐门当的时候也总看上去（实际就是）兴致缺缺。但我不抱怨了，或许有一个瞬间，我看猫，你看那雕花，就不算赔本。是吧？

也仍记得放假前焦躁的考试周，那个我们谈论过的问题。一个人如果清晰地认识到自己的局限，但同时不幸地能认识到自己确实想成为的人的高度和门槛，你说那即使侥幸成功，也是亵渎。我们都觉得挺悲哀的。

回来上网瞎逛，看见好多水平实在XXX的东西，有节有据的骂多，脑残人海的捧也多，但声势浩大，我觉得还是不错介乎好与坏之间的东西，其实被骂得最惨。你看，劣币总是驱逐良币，但人们对次良币的要求总是更高。大林说得对，要悲观但是积极。和劣币抢占市场，怎么说都功德无量，而说不定，也有运气，成为真正的良币呢？

让我们「劈柴喂马，改造世界」。

以上。

Wish you were here.

后下书　你的歌声将会动人，我的青春也将重生

假如给互联网的居民的居住世界画张地图，它和真实世界的地图是完全不一样的。在我想象中的这张地图，划分地域空间的不再是山川河流，也不再是历史、行政种种因素，它更象是张不断运动消长的网，由无数个小墨点般的ID组成，每个ID都会向某几个不同的体积更大的节点伸出细细的红线，被其吸引拉伸，而无数细细的红线，又会有所相交。而在我想象中，诞生这一切的力量，不是这虚拟世界的万有引力，而是所有的喜爱和兴趣。

它和更为世俗化的媒介如电视、纸媒相比，所显示的主流吸引力或许更为多元。毕竟，如网络动漫刷屏狂魔们所言，二次元和三次元，总有着一层穿不透的次元墙，但三次元易入，二次元难出。

生活被分裂了。一个在线，一个线下，虽然两者仍有交集，但越发稀少，就像王二的「阴阳两界」。

达明一派对于我的线下生活而言，显然是疏远的。

唯一一次在现实生活中听到他们的名字，是正值库克出柜之际。那天中午吃饭时候，G君告诉我，老师在课堂上说着这个话题，扯到了「甘道夫」和黄耀明。

老师意犹未尽地问：「有谁知道黄耀明的吗？」

前排有女生玩着手机，猛一抬头，问：「黄晓明是gay？」

「但是老师说，黄耀明唱歌很好的。」G君安慰我。

但在线，尤其是在微博上，通过搜索「达明一派」等关键字，你能很容易发现那些同样喜爱达明的ID，虽然重合点不完全一致，也近乎在现实生活中完全陌生，但你会发现他们之间有着各种各样的联系或互动，虽然和现实社交一样，往往存在着一度交际以至于几度关联的联系，但是也处于动态之中，而且生机勃勃。

而不同于话题集合的web2.0的平面时代，每个ID，都是一个处于复杂网络中立体饱满的个体，而有时，你也分不清之于在线和线下的交往，哪种更为亲密，哪种更为接近真实。

◇

J是绝色明明字幕组的发起人。

这是一个粤语字幕组，主要为黄耀明用粤语进行的采访视频配上普通话字幕，并进行后期制作。当然，较为零碎的讲座或电台的音频也在业务范围之内。

因此，自然第一印象会以为她是以粤语为第一语言的人，最可能是广东人。

而实际上，「我是河北人啦，从小喜欢一些港星，就慢慢学会了」，她在私信里告诉我。

在这之前，她说自己是喜欢张国荣的荣迷。因为 Crossover 这张张国荣和黄耀明合作的专辑，对黄耀明也开始感兴趣。

「后来因为明哥情人节祝我情人节快乐，所以我就一秒钟变脑残粉了。」字幕组是这样建立的：「当初觉得明哥的粉丝不算多，好像有自己的用武之地。（可以做这方面的工作）在贴吧发帖招人，然后就一起玩了。」

这里的她发帖的贴吧，不是以黄耀明本人名字命名的所谓「大吧」（「大吧」一般有比较多的成员和历史贴），而是某个谐音一样名字有趣的所谓「小吧」。

「本来是一个路人建的，后来我就申请了吧主。」原来她也主要在「大吧」发帖，在那个贴吧认识了一些人，后来也一起到了「小吧」玩。

在二〇一三年八月二日，绝色明明字幕组作为独立账号，发出了自己的第一条微博。八月三十一日，是「达明一派兜兜转转演演唱唱会——广州站」举行的日子，字幕组也自发组织大家进行微博宣传。

问到她有没有在线认识到线下的朋友呢？她说：「平时生活里也不是交往很多啦，同城的还是少。而且现在交往基本都不需要见面啊，有新的模式。」

「就是网络啊，微博微信、QQ、论坛。什么天涯知乎贴吧，不都是年轻人最熟悉的交流方式吗？数位时代啦。」她说道。

◇

大多数人告诉我，她们第一次知道黄耀明，都并不在网络上。

C说，二〇〇四年她看安妮宝贝的某本书，提到了黄耀明的《光天化日》和《若水》，赞美他妖娆。「她以前说国内只听王菲，我当时已经是狂迷菲姐，就想知道到底什么样的男人才能被这么形容。」于是买了他的《光天化日》。

S则是因为高一的时候听陈奕迅，加之科普了一系列粤语歌圈的掌故，知道了黄耀明。

也有更多的人，比如Z和T，和J一样，作为「后荣迷」（「后」，是指二〇〇三年四月一日之后），由Crossover开始知道或喜爱黄耀明，进而了解达明一派。

在线和黄耀明的第一次亲密接触，往往都是通过搜索引擎。搜索让她们更加了解之前不曾了解的黄耀明的方面，比如「文艺复兴」、「撑同志、反歧视」。

「然后就感觉他可以说是天真热血。这个年纪的人天真热血，还能因此有所作为，就是『旧理想』和『赤子心』吧，有这两点的人都可爱。」A总结道。

◇

A今年十六岁，一路从北京本地学校读上来，正在美国上高中。

她是北京人，但足够年轻。

「北京人缅怀故乡，则多是缅怀老北京，批评现在的北京『太陌生』。他们记忆里的北京已经死去，他们无家可归，而无家可归的人总是失意的。但我足够年轻，我的故乡就是新北京，一个现在活着的北京。我有家，有家的人总是得意的。」

但夜深人静时在异国的床上，她也有着被流放者的寂寞。

「望到的都是那些熟悉的胡同、学校、书店和剧院。它们的映射比实际甚至更加鲜明，在黑暗里缓缓盘旋上升，最终充斥整个视线。」

二〇一三年三月，她第一次去了香港，去看了十五日的「太平山下黄耀明演唱会二〇一四」，也在后门偷窥了「人山人海」，体验了皇后大道中的「人民如潮涌」，拜访了他的母校「九龙工业学校」，拍了「进念二十面体」的门牌，登上了太平山顶。

之后，她用长微博写就的演唱会观后感，被黄耀明转发后，获得了连锁反应般的转发。

她在其中表达了自己基于演唱会的思考：从黄耀明在演唱会中袒露自我性取向认知的发展过程，思考到社会对性少数人群的态度和黄耀明的自我社会角色认同；从《太平山下》等一系列演出曲目的名字，想到香港社会的过去、现在和未来，想到黄耀明的社会关怀；由《你头上光环》的舞台设计，谈到黄耀明对个人崇拜的讽刺和对自己被崇拜的批判意识。

她说自己对文字比对音乐更敏感，最初被打动也是因为达明一派的歌词。

「非常颠覆我对流行音乐的印象，觉得词写得很好，不是我以前认为的『爱情不是你想卖，想买就能卖』的水平。从此就一发不可收拾了，从明哥到达明到其他港乐。」

一开始是她喜欢黄耀明的朋友推荐她去听，她很信任朋友的品位，正打算去听。她和母亲在聊天的时候偶然提到了这个，喜欢罗大佑、黄耀明时代音乐的母亲告诉她：「家里还有黄耀明的CD呢。」第一次听不懂粤语，是专门对照着歌词本听的。

她热爱茨威格（Stefan Zweig）的《昨日世界》（*Die Welt von Gestern*），在微博中积累着自己的读书思考和生活感悟。「但愿以往的时代和今后的时代比现在好得多，比我们的时代更丰富、更宽阔、更深刻。」

◇

N说，她曾把达明一派的名字，放在记忆里整整十年，直到一刻解封。

小学五年级时，她很喜欢读《红楼梦》，父亲就给她听达明一派的《石头记》。

「那时我的确喜欢那首歌，也记住了那个冰雪通灵的声音。」

那时太小，她并没有再去听达明的其他作品。她只记得那时父亲说了一句她觉得很奇怪的话：「唱歌的人叫黄耀明，他非常美。」

她的父亲年轻时，晚上会在夜总会打工。那时候接触过不少欧美和港台的音乐。「达明一派的音乐比较对他口味，因为词曲都很美，而且比较关注一些现实问题。」她说。

「在音乐方面，不管是古典、流行还是摇滚，尽管父亲并不经常推荐音乐给我，我的口味却总是与父亲爱过的那些不谋而合。」

就像她在父亲的影响下，喜欢上崔健，总是时不时地喜欢把《蓝色骨头》拿出来听听，从十岁听到二十岁。「这首歌里，时间的影子拉得长长的，刚好是我所活过的，二分之一的生命。」

后来她迷上了欧美摇滚，几年时间一直都沉迷在里面。

但她一直没忘记达明一派。「一个原因是我忘不了那个声音，还有一个原因是父亲每次提到他们，总带着一种深切得让我好奇的迷恋。」

「按理说父亲向我推荐的音乐，我几乎都会去听然后喜欢上，可不知道为什么我和达明一派、和明哥就是那么没缘分。我从未去听《石头记》之外的任何作品，就这样把他们的名字放在记忆里整整十年。」她说。

去年秋初，她发现自己第三次爱上女孩。

「知道自己又要经历一段不能说出口的单恋，我感到像久阴不雨的云一般压抑。」

直到某天，她听到一首叫做《禁色》的歌。

「故人，我听着那首歌，看着『黄耀明』那三个字默默地想。」

再然后，就是无休无止的循环。

她开始一张一张地听，听完了达明一派的所有专辑，再到黄耀明其后出过的每一张专辑。

「我又想起了父亲十年前说那句『唱歌的人叫黄耀明，他非常美』时的表情，以及后来的十年中他反复提及这一点时的表情。是了，我想，此时我的脸上，大概也是一样的迷恋了。」

她补充道，「美」在她的理解之中，从来不只是对面貌的赞扬，可以包含的方面实在太多。而之后的「文艺复兴」、「撑同志、反歧视」等等，让她更加立体地认识这个人。之前是喜爱他的音乐，而这些使她真正喜欢上这个人。「让我在音乐之外的方面开始了解他、敬佩他。」

她打电话给父亲，谈到她现在「好喜欢达明，好喜欢明哥」。

父亲只是笑，然后说：「我跟你说过他们很多次，就是知道你有一天会喜欢。」语气里满是少年的骄傲，一如二十多年前的那个夏天。

他兴奋地说，他们出过的几乎所有唱片和演唱会我这里都有，等你回来，我们一起听、一起看。

现在的她正在火车上。「千里之外的父亲在等我，等我回去与他一起刷我们共同的男神，重温他的青春时光。」

第三章 玫瑰色的你

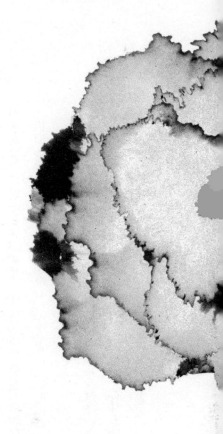

也有过难熬的青春期，在胡思乱想的死循环里不断纠结，像一只在思想浅池里，不断扑腾的畏水的猫。

人生有很多选择，其实不过大半是跌跌撞撞误打误撞。长大成人的十八岁，也不过如此。本想去更南的南方，却要在「夜幕覆盖华北平原，忧伤浸透她的脸」的燕赵地界，呆上四年。或许会决定以后人生走向的专业选择，不过是漫不经心带着宿命感地摇骰子，然后承受。

而转变是如何发生的，我试图追忆，只得一些破碎的片段，是受感召，也是自愿，是不断建立推翻游移苟且，也是始终如一。理想在颠簸中失而复得、得而复失；成长，或说是在体察到阴影和残缺难以避免，仍旧选择向前的勇气，则是唯有一个人自己面对的困境。

这章是致敬之作，是对那些在不知情中鼓舞我的前处行者，心怀惭愧落在纸上的谢意，也是对心路历程的小小梳理。若对于读这些文字的人来说，同样引得他有所感悟，则让我觉得无上欣慰。

高考填志愿时，志愿的第一专业都填上了广告，因为向往《广告狂人》（*Mad Men*）的酷炫，但误打误撞，最后进入了新闻这个一直以来甚觉苦逼的专业。

作为一个打小不喜爱看《新闻联播》而父母对其有着执着热爱的孩子，这样的下意识的心理设定是合理的。也有幸在父亲的旧教材上观摩过以「我的心不禁一颤：多可爱的小生灵啊！」为范文的记者写作示例，作为一个感情不太丰富、情绪不太充沛的人，我对记者怀有敬畏的心灵，但打死也不想去深情款款地写以一朵茶花可见到祖国山河秀丽儿童幸福安康。

父母倒觉得这是最适合我的专业。可能作为一个文科生，数学差到根本不能依靠勤能补拙来补救，会计、经济虽然就业市场宽广，但估计是要门门红灯高挂。新闻，「新闻好哇」，顶不济这专业招考公务员的名额也多，在他们心中，我还算是能够写写，也算发挥特长。

其实专业也没那么重要，只不过混张文凭。我耿直地想。

还是太天真。本以为大学四年会晃荡着度过，在寝室计算机前和图书馆间懒洋洋且舒适地挥洒着无尽的时间，豢养出一枚热爱驴肉火烧[1]且自由而无用的灵魂，但不知道怎么，现在并没有奔跑在这条预设好的康庄大道上，而是一头栽进了与新闻传播死磕的不归路。

事到如今，也曾无数次地回忆设想过，这样惊悚的转折，到底是如何发生的：

一、《那些忧伤的年轻人》混到小说堆里看了，大概是名字的缘故。见许知远写当年第一次读《李普曼传》时的激动万千，受其感染，泛滥起情怀千万，从而不能幸免染上「新闻业的怀乡病」。

二、入学时，大家仍都乐于展示自己积极向上有为青年的一面，两人以上形成小型群体时，仍要故作严肃讨论一番「新闻理想」和「新闻专业主义」，在为了装X碾压他人而努力装X的道路上，有些人忘了自己是怎样出发的，把真装X变成了假正经，例如，我。

三、「南方周末」这四个字，伴着「总有一种力量让我们泪流满面」的铿锵，每提起它，都能让在场的人感觉灵魂净化身躯上扬。假想一下，两个潜伏在新闻专业的伪文青在街角接头，悄悄说：「暗号，是一本书。」两人同时掏包，一亮，那必然便是《南方周末特稿手册》，两只手便紧紧握在了一起：「同志！」不幸，我也买了一本，不知为何经常放到包中，就这样被吸纳进了火热的组织。

以上都是，以上也都不是。努力回想起来，这些还算不太远的过去，感觉都不太真切，都不过剩些浮光掠影。但冥冥之中对今日的塑型，时光不仅是做个模子，到了时候，往下一压便告完工，今日一刀、明日一刀，深深浅浅，大概有了个雏形。答案在风中飘扬，而我想

---

1 驴肉火烧：河北著名小吃，半剥开的烧饼里填上剁碎的驴肉，有些中式汉堡的感觉。

不明白。

不管怎样，我抱定决心，要洗心革面，从此要做个有理想的新闻少年，要和颓废混日子的生活一刀两断。

生活啊，永远是个大大的玩笑，当你鼓足勇气选择了其中一面的时候，就总要被迫以更加清晰的视角看见其上的坑坑洼洼。

突然就像在一夕之间，「新闻已死」、「纸媒已死」的声音，从局部业内吐槽，扩散到一刷微博，在页面里就可看见两三只哀鸿的惨淡现实。《新闻晚报》的停办，一片物伤其类，作为预备役选手尚未出师的我，也不禁打了个寒颤，虽然在这之前之后，阵亡的报纸也已用一只手数不过来，大家渐渐平静和麻木。

在我眼中最糟糕的是，在这个所有行业普遍被污名化的时代，记者被嘲笑是「妓者」也算是没有超出心理预期；「铁肩担道义，妙手著文章」，其实也不过是这个行业对自己的光晕加持。而最怕的是碰上猪队友，以「陈永洲案」为代表的受贿，和隔三差五成为头条热点引来疯狂骂战的记者的新闻伦理问题，这之下被学其他专业的小伙伴@一下，只好尴尬地回一句：呵呵，才是不定周期的「一盆凉水浇到底」，需要在睡前加大剂量服用「新闻专业主义」，才能鼓起勇气重新拥抱上火热的「新闻理想」。「冰火两重天」的修炼已经臻化境，估计择日就可飞升到李普曼（Walter Lippmann）那里把酒言欢。

况且，还有现实之忧。前几届毕业能够真正从事新闻行业的学长学姐寥寥无几，当然，必须要承认，现在最受青睐的高就是公务员岗位，低招是私企的相关岗位，但新闻业的大门，恐怕是其中最窄的。「门是窄的，路是长的」，但我并无自信，一定能有进这窄门的资格，在这之前，怎么着也得先保证能够自食其力。

只好彷徨于无地。

杨绛有言，「你的问题主要在于读书不多而想得太多」。那便去读书吧。看的是许知远的《新闻业的怀乡病》，他在其中喋喋不休地重复着李普曼、亨利·鲁斯（Henry R. Luce）、托克维尔（Alexis de Tocqueville）、罗尔斯（John Rawls）、加尔布雷斯（John Kenneth Galbraith）的名字，就像永远抵达不了故乡的倦旅人轻声低语着无穷的眷念，以某种虔诚的姿态。

吴晓波为这本书作序，必不可少地铺陈了一下彼时新闻业的沦丧，结尾写道：「总有一代人会实现我们的梦想。」

而我有些悲观，真的会有这样一代人吗？庆幸吴先生比我悲观程度不差，没有按我们从小听到大的「把现在不能解决的问题交给下一代」的惯常说法，没有把实现梦想的任务交给他的下一代人（约是我们这一代人），而是遥遥虚指某一代人，使我免于对我们这一代人无能为力的羞惭。

作为一个庸俗的人，我常常不能免于假设别人和我一样的庸俗。在这样的论调下，我开始觉得，除去历史客观条件的限制，每一代和每一代其实都同样地处于美丑真善的混沌之中，每一代大部分的人和我一样随波逐流，小部分药石罔效，也会有一小部分人「走出千万人群独行，往柳暗花明山穷水尽去」。每每想到我所处的时代，肯定也会有这样为「减熵」而存在的人，便觉得仍有希望，仍会在大部分晦暗的世界上抹上一笔鲜亮温暖的色彩，大概会是玫瑰色。

正如我想明白的是，之所以有了和新闻传播死磕的念头，归根到底，是因为正有过这样的新闻人。虽然对他们的接触了解都仅仅限于纸面，也总有着小粉丝仰望的天然玫瑰色滤镜加持，书写本身自然也免不了年少轻狂偏激错漏，但仍要最真诚地说一句，感激他们所不知道的带给我的鼓舞和希望。

请允许我在这里郑重地写下一笔：在李海鹏的作品之中，我第一次感受到了特稿的魅力，在我所有不成熟的采写习作中，你可以轻易地看见对他拙劣的模仿和学习，曾经我最狂妄的梦想，不过是也想成为一个像他一样的写特稿的人；赵涵漠让我看到了人文关怀之于写作的可能性，心怀尺度下笔自然地剥开生死之间那条细线；许老板，则也应该感谢他的单向街讲座和《单读》《东方历史评论》，铺陈开来了大大一条阅读链，在我有生之年也不一定可以完成；以及李翔蔡崇达曹筠武包利敏林珊珊等等老师，虽然如我笨拙，只能从文本其中略窥得皮毛。

而庸碌如我，受其感召，日拱一卒，心怀侥幸，功不唐捐。

就像马昌博师兄说的：「没有什么人会永远熠熠生辉，物是人非实属常情，但我想无论境遇如何都应该努力做一个更好的人。」

做偶像

不似腐国人民，可以靠抱怨天气轻松发起一个话题。虽然我国北方大叔惯以「吃了么」开启神侃模式的，但毕竟于我而言，画风过于粗犷了些。感谢上了大学之后，人际交往圈由自己选择，实然缩小了很多，不用绞尽脑汁来开启陌生人没话找话模式，但在志趣还算合得来的朋友圈里，和不太熟的朋友第一次搭腔，似乎也非常困难。要是话题正投，自然是好事，无感也罢，最怕的是踩雷点，而不幸的是，雷点，总是比萌点多。

况且，实际来说，据我的经验，我们这些半只脚还没踏进或刚刚沾上新闻业界的人，已经大致分为了新闻专业主义和新闻理想原教旨主义殉道者，「新闻已死纸媒已死」悲愤嚎叫型和冷眼落石型，高喊新媒体万岁我有自媒体[1]账号因而我比码农[2]还懂技术有钱途者，和找份

1 自媒体：简单来说，自媒体（We Media）指公众用来发布自己亲眼所见、亲耳所闻的事件的载体，例如博客、微博、微信、论坛、BBS等。

2 码农：「编码农民工」的简称。最初指工作时间长、报酬低的IT底层从业人员，之后变为IT业集体的自嘲性称呼。

牛逼实习带我牛逼带我飞搏出位者，以及茫茫然乱扑腾如我者，不知怎么被扣上了犬儒的帽子，先是满怀愧疚扪心自问，最后暗想，也算是头上有了主义，那么指不定能保佑我，心中总有一天也会有了主意。

于是在大多数时候，我寒暄一笑（或发个：）表情），道：你看过李海鹏吗？

对方若是文艺出身的男青年，号称要通过新闻写作的道路进入文学的殿堂，一般都会双眼发光，恨不得冲上来握手（或是通过计算机荧幕都能感受到），然后我愉悦地把话语权转交给他，必然从他的中文系背景、他的特稿对欧美文学写作的传承，到他的小说《晚来寂静》，顺畅无堵且自嗨地说到底。

若是情怀党，大半会激动地向我科普李海鹏的《举重冠军之死》或《车陷紫禁城》，为中国特稿体例作出的贡献，继而深情回想南周的光荣和梦想，告诉我，那篇「一句真话能比整个世界的分量还重」的新年献词，也出自于他的手笔。

若是技术流者，也大可放心，用李海鹏作为开端，他会告诉你南红香曹筠武长长一串作者名单，其中掺着个人喜好和点评，顺便会告诉你《冰点周刊》被阅评的次数，以及回顾一下特稿在欧美、特稿在中国的前生今世，必不可少要严肃地要你谈谈对何伟或欧逸文的书的看法，以及要你发誓绝不外传，他会神秘兮兮地透露给你几条对非虚构写作的个人经验。

如果对方是妹子，要做好准备迎接那一声不可少的尖叫（或是一连串激动表情的轰炸），必须要在李海鹏写东西怎么那么厉害上达成共识，继而附和对他的衣着、发型、容貌、气质的极高评价上达成共识，然而很贴心地告诉她，李海鹏是朝鲜族人，以后可以直接顺理成章地叫他「欧巴」。

感谢李海鹏，让沟通如此畅快和谐。在对于李海鹏的评价上，我们总能达成高度但多元化的一致——NB。

坦诚说，看的次数最多的，是最初看到他的《南方周末特稿手册》，李海鹏作为叙述者在文字之后，遮掩不住他的风格。在他的专栏结集《佛祖在一号线》里，李海鹏主导着他的文字，来和读者谈谈。必须要坦白，作为一个不是特别熟悉西方作家如索尔·贝娄（Saul Bellow）、E.B.怀特（Elwyn Brooks White）的读者，在读到引述这些人的著作或思想的段落我一般都不明觉厉[1]，喜欢看的是李海鹏写他在东北广大黑土地上的童年和少年，以及忠实记录长辈们大碴子味朴实有味教导的段落。

不过愚钝如我，也记住了他明白写出来的写作主旨——「重申常识」。虽然常识之提出，确实有点老调重弹的意思。

「腰封推荐语小王子」梁文道君，有一本畅销书就叫《常识》。他解释道：「本书所集，卑之无甚高论，多为常识而已。若觉可怪，是因为此乃一个常识稀缺的时代。」

---

1 不明觉厉：「虽然不明白你在说什么，但好像很厉害的样子。」出自周星驰《食神》对白。

往上几年追溯，王二谈那只特立独行的猪，谈那只奸近杀[1]的蛤蟆，再谈花刺子模信使，不过谈的也是常识。在世知音连岳说：「王小波说的是常识，这并不能降低他的地位，把常识说得好，反而是功德无量的事情。这就是所谓的启蒙，重要的思想，只有当它成为常识时，才更加重要。」

显然，革命尚未成功，同志仍需努力。

后来者李海鹏说，这本就是「用一根针挖井」的差事。他并不计较这有用没用，而写作这些，不过是一条爱嘘嘘的狗的路途，见着厌憎的石碑，比如「威胁自由的一切」、「投机主义」、「工具理性」、「没教养」，便路见不平撒上一泡尿。

「用一根针挖井」这个比喻，让我肃然起敬；而爱嘘嘘的狗的比喻，虽然有点不雅，倒是滑稽，很容易让人喜爱上写这样有趣文字的人。

毕竟，李海鹏早年报道的多半是矿难、失事，他早说过，有时感觉到自己的同情心已经枯竭，却仍能保持高压下的轻盈。写专栏，也没有怨天尤人苦大仇深，仍旧是举重若轻，但也不怯深思。彼时我正陷入了一个闭环[2]中，想当新闻人就得横眉冷目铁肩担道义苦大仇深，而做不了这些，大概也无法成为一个新闻人，非常非常为之郁卒。而这仿佛当头棒喝，点燃了我相当大部分的信心。

于是我义无反顾地加入了豆瓣网上的李海鹏小组。

在这里，宗旨是用热爱 idol 的心情谈论李海鹏，最热的帖子永远是他的照片、他的八卦、他的边边角角，以及用一切比较花痴的提问试图引出潜水的他。我爱李海鹏、我们都爱李海鹏，是永恒的主题；至于他写的内容，倒不是经常有人讨论，况且明眼人一眼就可以看出，这里最关心的当然不是这个；而在图书页面下的评论，占据了大半天江山的，依旧是我爱海鹏我爱海鹏。

彼时他离开了GQ专题编辑的职位，去了《人物》杂志当主编，在微博上招兵买马，对《人物》不免爱屋及乌，期期都买，为了开头几页上的那只「香蕉先生」那篇主编的话。现在他去了《时尚先生》当总编辑啦，虽然按他自己引述的话来说，是在妓院里弹钢琴的，不过已经时尚到和韩寒一起走红毯了，也值得祝贺，虽然我怀疑，他还执着地穿着秋裤。

现在作为一个奔三的成年人，为了伪装成熟，别人问起我的偶像，我总要显示比较理智，啊现在没什么偶像了，不过都是稍微喜欢而已，像王二这样的挚爱，也得锁在柜子里。不过作为混小组的后遗症，脑洞一时半会合不上去，于是我偶尔也会想，假如让当年写《做天才》的「那年深夏」，来写篇《做偶像》（虽然他未曾有过偶像包袱），会是怎么一路数？

---

1 奸近杀：出自王小波散文《奸近杀》。

2 闭环：闭环（闭环结构）又名「反馈控制系统」，是在比较系统输出量的测量值与期望的给定值后，所产生的偏差信号；以这个偏差信号作出调节控制，令输出值尽量接近期望值。

而只能确定，二〇〇一年末的「那年深夏」，即日后的李海鹏先生，曾这样深情款款地写道：「在现实生活中，我算不上羞怯，但还是比较沉默，给人的第一印象往往是温文有礼。其实，那的确是本质的我嘛。我从来不是个流氓，这个我得承认。我只是在业余时间流氓流氓而已。一件事，如果我觉得它重要，我会吮住它，像吮住一片柠檬，不让它香而苦涩的汁水为人所知。而一切重要的事和一切秘密的核心，就是做天才。」

黑暗之光

第一次读到赵涵漠的文字，是在《中国青年报·冰点周刊》的选集书《永不抵达的列车》上，书名来自其中所选的她的同名文章。

记述的是「七·二三甬温线特别重大铁路交通事故」。主线人物是在其中遇难的两位中国传媒大学的学生，朱平和陆海天。赵涵漠串联起在他们在虚拟网络中留存的点滴信息，和家人朋友们的回忆，一面推动着他们的形象在阅读中越发地立体丰满；与此同时，作为另一线索不断前进的，是从文章开端，他们登上列车时便开始的无情的时间流逝，碰撞在结尾，戛然而止。「似乎不会再有别的可能了——那是在那辆永不能抵达的列车上，重伤的朱平用尽力气留给等待她的母亲的最后一点讯息。」

它逼迫我想起「七·二三」发生时的二〇一一年暑假。七月二十四日那天，我最初听到这个消息，已经是晚上。江边小城的夏日潮湿闷热，补习教室开在荒僻的招待所里，不断有飞蛾扑向本来就电压不稳的日光灯管，灯光就以极快的速度忽明忽暗地闪烁。大多同学稍早一点到了教室，已经两三人聚拢在一起，谈论起这场灾难，表情是诧异和不忍。

有个男生眼眶红红地告诉我，他因为向往中传，而在网络上偶然认识的一位中传学长，死在了这场横祸中。我讷讷地安慰了他几句，找不出太适当的言语。

我们的高考，在二〇一二年的六月份。这个暑假过后，就要进入「全力冲刺」的高三。这个暑假我过得并不太好，因为上个学期的成绩，以缓慢但坚定的速度往下掉落，拿到期末成绩，也是如此。父母自然是着急的，捧回家一套风行的「五年高考三年模拟」，并不强硬地令我在暑假好好地做一做。我如蚂蚁啃食一般在夏季闷热的房间里慢慢做着，并无不情愿，因为这样的现状带给我的焦虑，并不比他们的少。

但我隐约消极地想到，这或许并不能奏效。写题目的时候，并没过太多的时间，或者实际已经过了很长时间，我时常感觉自己抽身于肉体之外，飘浮在天花板之下，若有所思地看着底下那个机械地写着答案的人，更加清晰地感受到焦虑和迷惘。除了数学天赋点差了，从初中开始，我一向是个善于应付题山题海的人，对此也并没有控诉和怨念。

我的青春期要比同龄人晚，在这时，我刚刚进入其中。大概人人青春期都要中二一把，我开始思考一些自以为以前都清晰的问题，必不可少地开始迷惘，把自己陷入闭环之中。按照政治课本的说法，在这所谓要形成人生观、价值观、世界观的时刻，我焦灼于迫切地需要自己找到本就是空惘的答案。时到今日，我仍能在有时突然回忆起这种胃部空空荡荡，然而心中嗡嗡作响的感觉，虽然在不久前的某一刻，我特别自信自己已经离开了这种对自己无能为力的阶段。

但在当时，我正身陷其中。家里的网断了，闲书自然也束之高阁，没有激起一点反抗。在吃饭时被迫着看新闻频道，按老师和家长们的共识而言是，可以有效地把握高考热点，而且节省零碎时间，虽然大部分时间我恍恍惚惚地扒着饭。在最后的冲刺里，我对所有社会热点新闻的认知都来自于一轮一轮的模拟试卷，最终发现，只要用高中课本上的知识就可以解决这世界上的所有社会问题。大部分同学处之泰然，我只是觉得莫名其妙地有些许抽离，在现实中，和他们一样依旧循规蹈矩亦步亦趋。

回到七月二十四日那一晚，在课上讲起高铁技术局限的同时，我突然想起，在那天的晚饭时，电视新闻上似乎出现过这条新闻，主持人沉痛地播报着现场情况，接下来的信息是乘客在微博上发出求救信息，被极其迅速地转发扩散，附近的居民和远处的救援力量迅速到达现场救援。父亲延续着点评新闻与高考联系的习惯，说了句：「这说不定就是高考作文的题目来源，多留意一下。」抬起头，电视里专家正说到，这是一场具有历史意义的网络力量参与的事故救援。稍顿，我继续埋头吃饭，晚上的课，已经快来不及了。

这种麻木让现在的我确实有些震惊。忙于应付自己的焦躁生活和即将的人生决战是个理由，就像我们必须由此了解高铁的地理条件限制，来应付可能会有的地理题一样理所当然。我们生活在另一个话语体系的真空罐头里，并且心安理得。

但那已是二〇一一年。二〇〇八年的汶川大地震时，新闻频道第一次二十四小时直播重大灾难的搜救情况，惨烈的现场画面和艰难的搜救就在电视机上无间断地播出，家里的电视也永远锁定在这个频道。母亲有时看着电视，就哭了出来，那是「国殇」笼罩了的一年。再之后，二〇一〇年的玉树地震，以及在之间出过的大大小小的煤矿事故，电视机上惨烈的画面和播报一如既往，只是人们在其中或许逐渐适应，麻木冷静。或许，就如李海鹏说的：「公众的同情心是有阈值[1]的，很容易厌烦，久而久之，再严肃的悲剧也会无人理会。」

但在遥远的二〇一三年的某天，阅读这篇文章，我对这场事故的记忆突然无比深刻，好像被人从禁闭的抽屉里拿了出来，又塞进了脑子里。朱平、陆海天的形象在脑海中太过鲜活，让我似乎产生了比对高中大部分同学还要熟悉的错觉，而刚要抓住这图像，却已经消逝。作为一个可能算有些凉薄的人，我感到了刺痛，莫名其妙想起了二〇一一年麻木模糊的那一天，心头沉重。

◇

但没有落泪，因为这并不是一篇普通廉价、以攻击泪腺为目的的煽情文章。在其中，没有惨烈的现场、淋漓的鲜血，有的是永远无法抵达家和亲人团聚的缺憾，却并不特意抓住这点渲染夸大，没有让整篇文章充斥着哀哭和控诉。在我看来，她把死亡写作了这场旅途的另一个终点，是这趟动车的乘客从未预料的，但并不是割裂的、只剩鲜血淋漓的，虽然她坦承，这个终点是残酷的，从此亲人、朋友，身处在不能触碰的两个世界。

这并不意味着死亡就将我们分离。借助文字的力量，她将我们送到了列车出发之时，在文字营造的时间空隙，借助互联网留下的痕迹和亲友的回忆，引导我们重塑朱平和陆海天鲜活的人生，像是和初识的陌生人一样渐渐熟悉，而不是原先在电视机上冰冷冷死亡数字中的两个。在最后的时刻，作为读者的我隐隐觉得，死并不是生的对立，而是生命的另一个阶段。情理之中，我们作为仍然活着的人，当然会对这种离开遗憾不舍，但她并没有通过文字的渲染，绑架上我们对死亡的未知恐惧和对灾难场面的惧怕，而是通过这样的过程，让我们了解死亡、敬畏生命。而不是在对永远不可能消失的灾难陷入麻木，而不是让我们的恐惧、哭泣淹没了这一切，之后被遗忘所掩盖。

就如书中这章节前，所引用那条著名的评论微博的意思一样，这篇文章的意义在于唤醒和思考：「中国，请你停下飞奔的脚步，等一等你的人民，等一等你的灵魂，等一等你的道德，等一等你的良知；不要让列车脱轨，不要让桥梁坍塌，不要让道路成为陷阱，不要让房屋成为废墟。慢慢走，让每一个生命都享有自由和尊严，每一个个体，都不应该被这个时代抛弃。」

她的其他特稿，大多也和死亡有关。《生命的礼物》是探访忍痛捐出因车祸死亡的大学生儿子器官、一度严苛地拒绝采访的贫寒父母；《医学生之死》则是以其中一个实习医生的死为记述角度，在纸上留存了哈尔滨医科大学附属第一医院二〇一二年发生的那件全国震惊

---

1 **阈值：阈值（Threshold）为临界值的意思，也就是刺激某体系时，虽然对小刺激不反应，但当超过某限度时就会激烈反应的这种界限值。**

的病患杀医事件；《我是个爱慕者，而你是一只猫》，主角是清华大学图书馆的那只「馆长猫」，它在某天清晨，被发现死于附近的草地之上。

◇

我印象最为深刻的一篇（其实就是自己最喜欢的）——《失落的阶级》，写的倒并不是常规意义上的「死亡」，而是对东三省重工厂的「死亡」的记叙。在国有企业改制、大批工人下岗的时代洪流中，以及都市化进程浪潮的冲刷之后，「工人阶级」随之也失落其中，书写的既是一个逝去时代的消亡，也是容易为当下时代所遗忘忽略的侧面。

起点是一部讲述下岗铸造厂工人带着一伙工友，为女儿自力更生造琴的电影《钢的琴》。以作为导演的张猛和作为这部电影影评人的吴晓波为线索，勾连起了全篇，记述了被遗忘被牺牲的一代人的辛酸往事。有在菜市场捡菜梆的平静，有放下碗筷从阳台上一跃而下的无望，也有被迫从事皮肉生意的屈辱。这些故事现在看来犹如惊涛骇浪，不可不谓之惨烈，却一直失之于记录。就像文章里引述的，「有人在写更为遥远的知青史，却很少有人愿意向十年前回头，看看曾经的下岗工人」。这部电影大部分的关注，仍旧停留在小圈子里，在沈阳本地，也没有引发太多的关注。大家都匆忙跟上现代生活的洪流，无暇回顾。

结尾处，引用的是张猛的话：「我们今天走得太快了，眼下，是时候该停停自己的脚步，等等我们的灵魂。」和上文《永不抵达的列车》的引言多么相似，「等等我们的灵魂」。表面的主题是关注小人物、弱势群体，描写他们的生死盛衰，将之呈现表达出来，更深层更贴切的母题，是人文关怀，是对每一个生命尊严与价值的不抛弃、不放弃。

作为新闻题材之一，特稿虽然在形式上更为自由，却仍要遵循记者不能自己发声的原则，而选题和材料的组织，则是表达立场的唯一管道。在我看来，这是限制，也是优势，这使特稿本身成为小人物、弱势群体的自我发声，而非是作为记者个人主体色彩明显、声嘶力竭的请命发言，是话语权的交还，而不是代替行使。

更为重要的是，天赋。对于写作者来说，天赋比努力更重要，是早已被接受的常识。对于喜欢的作者，大部分可以将之分为两类，一种是可以模仿犹可追型，而另一种，则是只有羡慕嫉妒的类型。对于我来说，赵涵漠属于后者。天赋这词或许过于玄妙，而我想说的是，虽然把温情和关怀视为女性独有的特质约莫有点「政治不正确」，但在她的笔下，总能流露出这样的特质，牵连起脉络，和她的写作本身相得益彰，也没有成为客观行文的障碍。

作为一个脸盲症患者，总觉得她长得有些神似雷光夏，大概两人都是素发披肩、戴着眼镜。听过雷光夏自填自唱的《黑暗之光》，大概因为自己脑补体察出来的相似内蕴，总觉得带着相似的气质。黑暗和光明在天际线交融，本就不为对立，在其之中，繁星亮起，宇宙甦醒，而正是「黑暗温柔，改变过我」。

惨绿青年、新闻公正和新闻理想

本来想写一篇正经严肃的文章，谈谈所经历的困惑和释然，从绕不脱的执念到放下抛却的心路历程，间而不专业地谈谈新闻。想了半天，若要描述这种非我一人所有的时代病，万青的「敌视现实，虚构远方，东张西望，一无所长」挺切题，作为题目倒是太长了些。黄伟文为黄耀明写过一首歌，叫做《亲爱的玛嘉烈》，其中一句「惨绿青年，你唤作玛嘉烈」，「惨绿青年」这词，想来是恰当的。

惨绿青年，心中梦想万千，理想信念闪闪发光，相信热爱和坚持的力量，说得好听些，是热血青年，套句 ACG 用语，倒是实实在在的中二分子。学新闻的惨绿青年，自然也逃不开「新闻理想」和「人文情怀」的高挂照耀，想想《观察》，想想《南周》，情怀万千。

我想说的是，自然，完全的公正客观很难达到，更客观一点说，不只是在新闻方面难以做到。在十七岁时的惨绿时代，对人、对事，都有一种偏执，在惨烈的青春期过后，才知道，生命中从来就无绝对永恒的东西存在，而更多的是处在一种暧昧不明的「浑浊」状态，「非黑即白」的磊落，反而鲜见。

就如电影 Mud 里的小男孩一样，起初热切地相信 Mud 口中的和女友的爱情，费尽全力协助 Mud 修复船只带上女友逃亡，不过是想证明有所谓永恒伟大的爱情存在，最后不过是见着了成人世界的软弱和无力。他也曾像 Mud 一样打倒试图接近自己小男友的每个男人，经由 Mud 的例子，他长大成人。大概，导演是想告诉我们，只有摆脱执念，摆脱对生活重心的强加于他人，人才不会成为污泥。

你所大声呼求的，必是你所缺乏的。摆出斗士面孔，声嘶力竭，大多也是对自身幽暗的恐惧和逃避。在这一点上，我完全同意她的想法，认识到「公正客观」到局限性，是一种必须的生活教育、情感教育。有一颗「平常心」，用日常叙事来取代宏大叙事，也不正是新闻的「常识化」所追求的目标吗？

然而，或许我们在认识到新闻客观公正所难达到的前提下，也不应该放弃「用一根针挖井」的勇气。人类本就是追逐幻梦的动物，虽然我们都知道奋斗终能成功的人是少数，美好无邪的爱情是肥皂泡，但是千百年来人类最多歌咏的，不过还是这二者。同样，由于我们卑劣的人性，我们不屑于提及那些触手可及的日常事物，「得不到的才是最好」。若客观公正寻常取之，那我们的探求和讨论，多半也无太大意义了。「仰之弥高，钻之弥坚」，然「虽不可及，心向往之」。

并且，我相信，虽然「完全绝对」的确是不可求，但是我们毕竟可以通过不懈地探求，一步步地无限逼近这不存在的「极限」；也正因绝对之虚无，可逼近的空间也将浩瀚，能进行的探索也将更加宽广，并非不是好事。没有最好，所以才会有更好。「绝望之为虚妄，正与希望相同。」

「新闻理想」光辉灿烂但空空荡荡，「人文关怀」落在纸上往往变成了千篇一律的「人性复杂，童年阴影」，我们并非不知道。虚无吗？但真正的虚无主义者倒都是无所忌惮的行动者，正像卡缪（Albert Camus）笔下明知荒诞仍旧日复一日推石上山的西西弗。也因庆幸人生并没有太多确凿「有意义」的事情，这样我们才可避免千篇一律重走旧路，做些别人没做过的事来把自己的人生「填充」得「有意义」。而我正在做的事有没有意义，现在看不出，但可以宽慰，这，总比什么都不做好。

马昌博：谈技术的「死文科生」

◇「死文科生」生来就是，那便索性一路到底

藏青色西装，搭休闲板鞋，仍旧是娃娃脸、小眼睛的「超龄同学」马昌博，一溜快步登完河北大学逸夫楼二〇一报告厅的讲台台阶，站定。

毕竟，很多的河大学子都难以想象，这位被评价为「中国最优秀的时政记者，没有之一」的媒体大拿[1]，是这所非著名大学新闻传播学院的二〇〇一级毕业生。

他微微扫视全场，打量了一圈台下各种表情皆有、俱是仰着头看着他的「新鲜人」，顺势抖开几个恰到好处的玩笑，将窃窃私语的躁动，以及他到来掀起的骚动，炝成了一锅爆发整齐的笑声、掌声。

然后，对着在讲台内嵌的计算机显示器上全屏播放的背景PPT，马昌博抓住空气中不存在的鼠标，下意识地抖动着，想要退出。

---

1 大拿：北方方言，指行业内权威专业的人士，带有调侃的意味。

台下一片静悄悄，张望着他徒劳无力的「施工进展」。

在工作人员手慌脚乱的协助下，通过右键功能表，最终得以退出。

马昌博吁出一口气，「到底是死文科生」，他嘟囔着。声音不大，更像是自我解嘲。

少小有奇志

这位「死文科生」，符合人们对文科男的大多定义。

他「少小有奇志」，小学六年级得过全市演讲比赛第一名，决心做「靠说话混饭吃」的外交家；进入河大挑选专业时他的想法依旧简单，仍是想学个和外交有关的专业，然而他父亲却忧虑「靠耍嘴皮子不能生活」，也否决了他的第二选择广告专业，因为广告是个「让人头脑发热的东西」，退而求其三，他选择了在他父亲看来更像一门手艺的新闻，「毕竟上一代人总认为写字是一门手艺」。

理想和现实虽有一定差距，「靠说话和写字混着饭吃」却仍是他现在的生活。

「死文科生」的体育，如意料之中的不是很好。他的篮球课学得极其糟糕，「就是不会打篮球」，但是出乎意料的是，体育却是他当年分数最高的学科。

「给老师送了两条烟。」他的回答引起了全场哄堂大笑，自己也不得不笑着打手势示意大家收住。「谢谢，这是真的。」马昌博故作正经地回答。「当然这是开玩笑，因为跟老师关系还不错。」私下揣测，这大概仍要归功于文科生善于交流沟通的本领。

训练

「离你最近的地方，路途最远。最简单的曲调，需要最复杂的练习。」虽然不知道这位文科生在大学泡图书馆时，是否看见过在当时大学生之间极为流行阅读的泰戈尔的诗集。

上了大概半年的课，他在大一下半年的时候，突然感觉到了「彷徨和惶恐」，而他发现其来自于对这个专业的迷茫。

为了对抗这种「彷徨和惶恐」，他泡在图书馆的期刊阅览室。「只能一页一页地做批注，一篇一篇地进行分析，划出有多少个采访对象，一篇四千字的稿子看采访了多少人，他为什么这么采访，采访每个人的目的是什么，中间又是怎样进行构建的。」虽然有不文明之嫌，但他在当时找不出别的学习方法。

他在二〇〇一年回河大的时候还去过图书馆看看曾经做过的批注。「因为没有别的学习途径，就做了无数个这样的分析，有时候也会把自己的学习心得都敲出来，反正也没人点赞。」

大四的时候，马昌博在《时代人物周报》实习，几乎写过「所有的稿子」。「所有的稿子」不是虚言，时政、任务、娱乐、评论、经济……最狗血时，甚至写过一篇调查某人怀疑自己被外星人劫持的稿子，以一个新闻调查的手法正经不过地去做这个稿子，非常严格地做了调查，最后得出的结论是：此人是个神经病，可以被归为「玄幻」。

这不算什么，马昌博的师傅，《新闻周刊》的前主编，扔给他厚厚的一本历史人物传记，让他在一个星期之内「用自己的语言」把这十几万字缩写成一万字，「做到了就转正，做不到就走人」。他四天夜以继日，睡醒了写，写困了睡，被师傅拿去一看，说了句「有点意思」。又递给他一本惠普的前女总裁费奥瑞娜（Carly Fiorina）的传记，继续让他照样缩写。

迅速看完材料，同样迅速地用自己的话表达出来，还要「起码看起来还不太『low』」，这样的语言文字能力，就被这样高强度不合理的任务生生「逼」就了。

马昌博仍然觉得，正是他那时所做的所有的琐碎、甚至「有些」不靠谱的采访，以及迅速成稿的训练，为他今后职业生涯的写作打下了扎实的「童子功」，脱离了适应和再训练的循环，「以一个很成熟的记者的姿态去工作」。

书生遗风

假如把儒生片面地曲解为「古代文科生」的话，就可以更好地理解疏财爱书，兼之重义，这样的「书生遗风」在马昌博身上的体现。「我觉得最快乐的事就是做一件自己喜欢的事，并从中挣到钱。」在河大读书，再具体是他拿到稿费的那几年，是马昌博口中「最快乐的那几年」。

在赶往现场的路上，他向工作人员问起了河大旁边的小邮局。「我对它感情很深」，「其实有钱没有太多别的好处，就是你可以买很多很多的报纸、很多很多的杂志，去很多你想实习的地方，那个是对我最直接的帮助」。

大四毕业的时候，马昌博回来处理塞在床底下的那些报纸杂志，大约四毛钱一斤，卖了一百多块钱。「两个字，喜欢，没其他的原因。」

「好多人跟我借钱，现在也没有还。」在另外一篇访谈里，他半认真半开玩笑地说道。

◇ 江湖不远：亲历「知识分子江湖」

在马昌博口中，在二〇〇一年前后的传媒界和现在大不一样，是所谓「知识分子的江湖」。那时每个人想做的，都是揭黑的报道。媒体人之间，哪怕彼此之间从来没有见过，但因见过名字，或是知道彼此媒体的风格而一见如故，之后无外乎就是靠喝酒，喝完酒，说起哪里又发生了什么事儿，就敲定了一起去跑一跑。

「当初江湖义气，虽远隔千里但莫逆于心的那种感觉，再也没有了。」

刘瑜说，发现互联网对她来说，就是《廿二世纪杀人网络》（*The Matrix*）里「吞下那颗红药丸」的片刻。

西祠胡同，是属于马昌博的那颗红药丸。

小博·Wxwku、记者的家

当时的西祠胡同，有个叫「记者的家」的板块，后来成为了中国传媒界最著名的一版。当时的马昌博却并不知道，因为那个时候的它，也还处于发育的过程中。

现实世界里的马昌博仍囿于教室、宿舍和期刊阅览室之间，网上的「小博·Wxwku」这个ID，于诞生之初尚且羞涩地连发几个帖子求助关于《南方周末》的江艺平老师、向熹，和张东明的照片，仍战战兢兢地在帖子开头称呼「哥哥姐姐」。

进来之后才发现很多媒体都混迹在那儿。「年少轻狂啊，觉得自己看了那么多书，就要发表自己的意见，相互拍砖，拍了半天砖，对方很不客气，当然我也很不客气，互相骂来骂去最后把对方骂急了才知道人家是《中国新闻周刊》的主编。」马昌博谈起当年的乌龙。然而，「就在西祠胡同我学到了非常多的东西，它深刻地影响了我，从二〇〇二年到现在的人生」。

彼时他每条帖子下面都挂着这样的签名：「总有一种力量它让我们泪流满面，总有一种力量它让我们精神抖擞，总有一种力量它驱使我们不断寻求『正义、爱心、良知』。新闻成就理想，真实源自真诚！我们是成长的力量，我们是未来的声音！」

之后他在西祠「记者的家」、「新闻传播研究」、「新闻学院」这几个板块拍砖灌水的功夫，越发纯熟和肆无忌惮，「建议大家一起拍砖，上三路和下三路都拍，流血为止」。

他也会发帖反思和自嘲自己的采访经历：「于是有了第一个教训：像我这种只在网络上和书本上接触社会的书呆子，在采访之前一定要多做准备。」「还有一个很严肃的问题，怎么我最近就越来越羞涩了呢，最严重是上个学期开始的时候，稍微想打个电话给外人都有极重的心理压力，尤其是涉及到自身利益的时候。」最后不忘调侃一下自己：「God bless 明天起床后我这个害羞的毛病能消失，我能够成为人见人爱的小帅哥。」

在记者节时，他也激情满怀，用大段排比句抒发自己对新闻的热爱：「没有什么比春天更蓬勃，除了我们的希望；没有什么比天空更高远，除了我们的梦想；没有什么比冰雪更纯粹，除了我们对新闻最真诚的热爱。」

当时几乎所有的媒体人基本上都处于密切交流的状况，特别是活跃在「记者的家」这个板块上的记者们。他们大都属于晚睡早起型，有时晚上十点上那个版的时候，就已经有无数个新的主题帖刷新出现。当时在河大图书馆里的机房包夜大概是两块钱，大二新闻生马昌博仍旧囊中羞涩，便专门包夜刷版。

这些帖子的讨论内容五花八门，却始终不离新闻这根轴——新闻的写法、选题角度的讨论、媒体界的生存状态，都是他们讨论的话题。马昌博称自己是「一个小屁孩，什么都不知道，但大家还觉得这小孩有点意思，偶尔会带我玩一玩」。当时像这样的「小屁孩」除了他还有几个，后来他们都成为了朋友，混在一起玩，同时也会做更多的讨论。

机遇、途径、鸿沟

机遇也在向他招手。那时他最喜欢的杂志是《新闻周刊》。频频灌水之余，突然有这么一天，《新闻周刊》的编辑说让他帮忙干个活，于是他便成为了周刊的信息编辑。

当时马昌博想的都是哪怕不给他报酬，只要让他做点事就好，就守着宿舍那台老旧的计算机，折腾了一个月。

月底生活委员突然对马昌博说，你有一张汇款单，拿到手八百块的数额着实吓了他一大跳。时至如今，生活委员操着云南口音通知他的那句话，他仍能像模像样地模仿出来。

那是在二〇〇二年底，当时马昌博一个月的生活费只有他父亲给的四百块钱。上大三时，考虑到可能要交女朋友的缘故，父亲才又给他加了一百块钱。

武侠小说中，偶遇高人是江湖中名不见经传的少侠成名的必备桥段。马昌博闯入的西祠诸版，新闻江湖中无数高人于此间藏龙卧虎，比如说被称为传媒少帅的《中国新闻周刊》的主编刘峰、《南方都市报》的陈峰。他比大多数同届的新闻生更早地踏入了新闻江湖，熟稔了这个圈子，应该也算得上是机缘。

「实际上给我提供了一个什么途径呢？」说到此处，马昌博略有停顿，扬眉向上，似乎往空中掷出了一个问题。

「我在这个论坛上和所有当时一线的媒体人进行交流，后来杭州有一份报纸叫《青年时报》，创刊的就是在西祠胡同的几十个网友。」他快速地接了上去。「这使我了解到了业界究竟是什么样的，还有就是，实话实说，原来新闻是这样的。」

正如他所说：「我们身处保定，很多人觉得我们不在一个大城市，但是网络抹平了这个鸿沟。」

◇ 当「死文科生」谈技术的时候谈什么

在讲座中，马昌博频频使用一些精准、抽象、近似于技术术语的词语，来概括他的中心思想。在谈论业界生态时，「资料分析」、「核心突破」、「语态革新」、「常识化和规律化」这些对于文科生而言相当冷冰冰的词，从他口中高速频发地迸射出来。

文人论政、技术进阶

业界生态的初级阶段是「文人论政」。「跨半步是先驱，跨一步是先烈。」《中国新闻周刊》和《南方周末》一南一北，致力于突破「新华体」，「但是文人嘛，对政治没有一个基本的判断」，所以「实际上结果是报纸做了先驱，总编辑做了先烈」。

「那么再后来发现文人论政不可以了，只好重新回到我们最擅长的资料分析和故事化。」这是马昌博口中的第二阶段的技术进阶。

第一次这样的尝试来自于「楚楚动人风骚绝代」的林楚方。「当时他在《南方周末》做了一个报道叫《二十余省部级高官履新》，把那些官员的简历都翻出来做了一个分析，说我们过去是工程师助国，都是理科生，「大清帝国北大荒」，然后发现现在都转过来了，大家都知道，北大出身的人当党中央领导人的很多。」

「当时通过简历得到这么一个结论，真的觉得是一个了不得的结论，就是说原来时政报道还可以这么分析。」提到「好基友」林楚方，马昌博的表情比之前更加生动，「楚楚就是做了这样一个报道，当时整个就惊艳了」。

「第二就是故事化，我做不了高层的东西我就做一个市的、一个基层民主的东西。」《南方周末》的一篇《最富争议的市委书记》，写出了作为「性情官员」的仇和，就是故事化的体现。

其后的业界生态逐渐成形，包括了「核心突破」和「语态革新」两大部分的努力。

「虽然《南方周末》有他的影响力，但《南方周末》在官层也有抵力，这个力双方是看不到的。」所谓突破核心，就是突破高官、「采访高官」。二〇〇六年、二〇〇七年他们参加各种各样的新闻发布会，虽然明知《南方周末》发不了稿子。「目的只有一个，走过去，问个问题递张名片，让官员们知道《南方周末》在这个报道中在场。」

「之前官员会对《南方周末》有各种各样恶感，会觉得《南方周末》总做负面报道，只看到我们坏的一面没看到我们的好，这个时候他们会突然发现《南方周末》还有一个叫小马的记者，除了眼睛有点小之外没有什么让我讨厌的地方，他是有分寸的。那么这个感觉就建立起来了，所谓的信任感在熟了之后就建立起来了。」马昌博总结道。

「我后来发现其实每个人都是可以交流的。」另一个给他深刻印象的，是国家药监局的一个女新闻发言人。国家药监局的口碑有段时间相当低落，这个女司长试图改变部门形象，彼此之间也有了很多次的沟通交流。一次吃完饭，女司长拉着他们去刷夜唱歌，才发现原来这个女司长可以唱所有韩国热门言情剧的韩文歌曲。

「人都是人，每个人你和他打交道的方式，其实都可以通过正常人打交道的方式来进行专访，那么这个是官员的核心突破。」

语态革新是另一方面的探索。「新华腔」已经被抛弃，但后来的「南方周末体」虽可以把一个故事看起来讲得绘声绘色，「但是实际上缺乏节奏感，说白了就是文人论政，还是说类似于两个村里大妈讨论说东边堆了一堆大米西边堆了一堆大葱」，这句话也逗乐了马昌博自己。他承认当时他们对政治感其实也并不了解，也「还是在用社会新闻的笔触来写政治新闻」。「港台腔」的试验，「不被喜欢不被接受」，西方的「意象感」，却诚然可以为师。《鸟巢在冲刺》就是这种探索的产物，「二〇〇八年八月八日晚八点，这个时刻是中国人认为最吉利的时刻」，「所有的中轴线以及所有的九个数字都被中国人认为是大成的意思」，几个意象，「没有说更多别的，就可以看出中国人对这次奥运会有着什么样的期许」。

常识化和规律化

「常识化和规律化」，是马昌博口中的新突破。

「我刚入行的时候，一场矿难死几十个人对我来说就是一场好大的灾难，再后来矿难不死几百个人就根本不算灾难，到现在一场矿难死二百个人甚至四百个人，根本无动于衷，为什么呢？因为在中国你永远不知道下一个惊悚事件是什么。但是我们会对有一个东西特别在乎，是什么呢？孩子。」

「同样是事故，如果说校车和孩子出了事故我们会特别愤怒，媒体和公众的情绪都会在此，你说你一个政府管不好安全生产管不好矿难也就罢了，连个孩子都管不好，那么这是一种什么情绪。幼儿园的孩子是最敏感的，其次是小学生、中学生、大学生，但是这个大学生之前如果加一个女字的话，跟幼儿园孩子是同等情绪的。」

于是他推导出了这样的结论：「所谓的新闻在回应的无非就是两种：一种是情绪，第二种就是提供知识。」

所谓提供知识，就是把新闻事件背后的逻辑加以呈现，以及把和事件相关，而对公众相当晦涩的明文规定，「翻译成大伙可以知道的新闻语言」。

他举了个例子。CCTV 主持人李小萌坐飞机头等舱时，因发现自己的座位被一个副省长给占了，很愤怒地发了条微博。本来对于《南方周末》而言，这只是个日报性质的新闻。但是在此之外他们做了一个这些所谓的「要客」是如何存在的引文新闻，《让「重要旅客」的飞机先飞起来　解密航空业的「要客部」》。「这是一个公开的回复，副部级以上的官员以及两院的院士到了机场都会享有各种各样的待遇，比如说可以升舱等等，这个都有明文规定，我们只不过是把这套明文规定搬了出来，翻译成大伙可以知道的新闻语言。」这篇稿子大受欢迎，在网上被广泛转载。

「在复杂的现实面前，每个人都是白痴。」马昌博如此谈对公众情绪的回应。「因此不要急于贴标签、下判断。」

在国家行政学院讲课的时候，他说官员不要把所有公众的负面情绪都归结到「反党反社会」上面。「这实际上是官员自身行政能力的缺陷。」马昌博在课堂上如是说。立马有一个坐在后面的官员「唰」地站起来反对他，发言中对「刁民」这个词的重复，让他记忆犹新。

「只有不告诉民众真相的政府。」马昌博如是说。

「不谈理念谈技术」，或许是对这样复杂的现实和情绪链的看清和疏导之道。

整个讲座中，只有这句话被清晰缓慢地重复了两遍。

媒体变革、Geek Time Show

在稍后谈论媒体变革的时候，更是已然变成了他的 Geek Time Show。他兴致勃勃地倒出了一堆术语，「资本当量」、「资本模式」等等「高大上」[1]的词汇，摩肩接踵互相推搡喷涌而出，然后意识到台下的大部分女生都特别迷茫地望着他，「听不懂，是很正常的。但我的确很希望尽早地和你们分享传媒变革的新方向」，他带歉意地笑了笑。

「传统媒体的辉煌时代已经过去」，第一句话就是这样简洁明了的论断。

「媒体的资本当量，就是它的影响力。」他强调资本模式的决定性作用。毕竟，只有「仓廪实」，才可「知礼节」。

马昌博举例，腾讯网在腾讯公司的盈利链中只是很小的一环；浙报的房地产「副业」，反而成为了报业集团的支柱。资本模式的创新，是《壹读》和他正在思考的。

而商业模式，归根到底，就是要「懂市场」。「让媒体回归市场本身。」「《南方周末》是棵大树，但庞大的机构往往做不到反应迅速。」他解释自己离开《南方周末》的原因，一种「商业觉醒」，催促着他去创办一种能留下自己烙印的产品。

另一方面，是「让媒体回归产品本身」。

「《壹读》是一个产品，我们有自己的商业模式。当别人都在贩卖情怀的时候，尤其是《南方周末》，情怀本身就是他们的特质。将之简化成一个商品，这就是它最大的竞争优势。」「因此，我们不能再贩卖同样的东西。」马昌博说：「我们贩卖情趣，提供这些新增的需求。」

「所谓『轻幽默，有情趣』，在一定意义上说，就是『有意思，有意义』。」「第一层是信息，第二层是故事和细节，第三层是判断和逻辑。但最厉害的是『情绪』。融入情绪场，就能占领大部分的传播管道。」

---

1 高大上：「高端、大气、上档次」的简称。

「内容为王」，仍旧是《壹读》这个产品的关键所在。马昌博说在《壹读》重新定义下的「原创」，就是「信息在不同层面的流动」。

于杂志而言，他们做过「党代会前最忙的部门」中央办公厅的细节；做过中纪委的「反腐说明书」，「尝试根据公开资料」，以对「换届时刻」的深挖，梳理世界最大政党的传承和变革；在新鲜的中央政府上台时，以一篇两万字的长文，回答选出国家领导的程序，如何实现五年一重组，以及庞大的两会是如何运转的，普及了一个庞大国家机器的运转常识。

很多人没看过《壹读》杂志，但看过《壹读》视频：《官员升迁指南》《春节衣锦还乡指南》《新鲜的中央政府》等等。通过轻松有趣的文字和画面，让知识信息实现了快速的传播和到达。

「所以那么多人会喜欢《壹读》视频，并进而喜欢《壹读》的所有产品」，引述总编林楚方的话，「《壹读》视频最初的功能是传播《壹读》品牌。我们认为，对媒体公司来说，最好的品牌就是内容，用内容营销内容是最好的营销，如果内容足够好，品牌美誉自然会来」。

时间

「所有的争夺，最后争夺的都是时间。」这是马昌博关于「内容为王」的另一点认知。广播电台抢占了开车时的时间空位，游戏则强悍地占据了很多人的睡眠时间，通宵刷夜。

「我们的对手是所有和我们抢夺时间的东西——微信、游戏，而不单单是其他杂志或媒体。」

「跑得最快的人才能达到彼岸」，「我们必须要学会变革」，在最后的三点忠告中，马昌博仍对这个话题言之犹未尽兴。

「媒体变革不可阻挡，我们谁也无法判断媒体的未来会走向哪里。但至少我们要做到尽量让自己走得长远些，做到这些，我们任重道远。」

◇ 非温和，不锐利

翻看以往对马昌博的专访，会发现「温和」这个词在对于他的评价中出现的频率相当之高，仅次于「靠谱」这个更倾向于对他专业能力判定的词。

「《南方周末》的大多数人和我一样，只是装作温和，其实内心鼻孔朝天。」马昌博笑着否认了对他「温和」的评价。

在更多的时候，这种温和是一种「不尖锐」的呈现。「因为尖锐不是最好的选择。」

所谓「尖锐」，往往是更多更外放的情绪表达。「表达愤怒，也应当在掌握了事实的基础上。」而在事件背后，往往都有「复杂的逻辑」，很难用简单的情绪或语言表述把握到。

因此，「表达情绪无用，也无处表达情绪」。

专业、职业

爱迪生的那句名言「天才就是百分之一的灵感，加上百分之九十九的汗水」被人们津津乐道，但后面那句「但那百分之一的灵感是最重要的，甚至比那百分之九十九的汗水都重要」，往往被刻意忽略。

这样的现象同样存在于媒体圈。

「所谓突破，无非是百分之九十的运气加上百分之十的行动。」「采访机遇有时比你的采访本身的决定作用更大。」马昌博反感他的某些同行的过于「自我神圣化」。

他同样不太同意对记者这个行当的「职业神圣化」。「动不动就把自己摆出为民请命的姿态。」「记者是记录者，不是麻烦解决者，不是法官，不是侠客，更不是神。」

现在他所强调的无非是两个词：「专业」、「职业」。

「专业」，是「去情绪化」；而「职业」，则是尊重和维护这个事实的展现平台。

但他也反对「专业」就是「专业化」的倾向。「这种专业也体现在于拒绝说得深」，要把复杂的东西简单化，「毕竟专业在于传播，而非把新闻写成论文」。

新闻理想、底线

他承认自己在年少轻狂的时候有过很狂热的新闻理想，「但近几年下来啊，觉得放低一点自己其实是件好事」，把自己想象得太高，「对自己，对这个行当都没有太大的好处」。

现在的他更喜欢用「底线」这个词来代替「新闻理想」。

什么是底线？「可以拿红包但是不可以拿黑钱，可以有不说的真话但是不能有假话，可以去挣钱但不可以因为自己的挣钱去伤害公共利益。」在讲座中，马昌博说完这句话，台下笔纸的摩擦声响成一片。

他提及的和官员打交道的一个事例，能说明他如何「不尖锐」地守住自己的「底线」。

「比如说我去南方某省参访的时候，到了那个县，他知道是一个负面采访，就必须要见我，我很奇怪为什么到了当地我的电话住址他们都知道了，然后敲门就进来要请我吃饭，一定要带我去，说白了就是一堆小姐进来，让我挑一个，我觉得一个政府怎么能做这种事情！」

「我可以忍受你贪腐，但我不能忍受你下贱。」马昌博的语调陡然升高。

但是他又不能勃然而怒、愤然而去，「因为还要和他们打交道」。「我就装作特别客气地跟他们说，不好意思，我已经戒了。」

进一步的交流中，他把这种底线解释为一种自我保护。「第一是保证自己的安全吧。因为一点诱惑放弃底线，后果往往是得不偿失的。」他的回答很直接，也很真诚。「其次是因为大多数人都会有一个更高的职业期许，因此要保证自己在这条道路上要有更长远的发展，名声问题自然是会顾虑到的，也不会因小失大。」

最现实的是，在他当记者的时候，收入水平始终维持在小康，「不那么需要钱。或者说，不缺钱」。这本身也就成为了他更长久理念的保障。

在马昌博看来，追逐所谓「新闻理想」的热情，冷却再正常不过。「在我离开南周的时候，写过这样一句话：『在我那段金子般的年华，有一段与之相匹配的时光，那就够了。』」

所谓「年少轻狂，幸福时光」，这种年少轻狂可以得到平台来承载它，自然很好。但随着年岁见长，「会变得不那么激进了，甚至很犬儒」，这时转身去做「另一个符合自己心境的事」，也再自然不过。「毕竟每个年龄段要做每个年龄段的事。」

生活

「我不得不一个字一个字地学会生活，就像人们一个字一个字把它忘记。」来自于法国诗人保尔·艾吕雅（Paul Éluard）的一首诗。

马昌博在采访中也说过一句类似的话：「情怀不是一个人的全部，而生活才是。」他补充说：「就像之前我说的，尖锐的声音很重要，但不能变成唯一的声音。」

「有情怀，有趣味」很重要，而过得「有意思，有意义」同样重要，他说这是作为一个「三十多岁老男人」的目标和想法。

这个「老男人」被他自己这样形容：「经历过很多事，仍然保持一颗恰当的童心。」「他善于自嘲，也喜欢看别人笑话。」这也和他的朋友口中所评价的《壹读》的气质是契合的，「就算没笑话，也要把别人弄成一笑话」。

马昌博所相信的是，「懂世故，而不世故，才是最善良的成熟」。

虽然在工作中对自己要求苛刻，但据他自己描述，在生活中他其实是个「生活随心」、「无计划性」的人。

「想干点啥就干点啥是人生的一大乐趣。」马昌博曾经在微信朋友圈里发过这样一句「豪言壮语」：「好不容易到了自己想干点啥就干点啥的年龄，下一个目标就是不想干点啥就不干啥。」

达到这种境界毕竟是困难的。「就像我们杂志的口号是『轻幽默，有情趣』，但我们在生产快乐的同时，是一群很苦逼的人。」马昌博笑了。

「我们无法时时刻刻像要求自己生产的产品那样去要求自己的生活。」但他很快地加上了一句：「但生产快乐的东西本身就是给你带来快乐。」

前段时间他有一次「说走就走的旅行」，和林楚方结伴到西藏玩了一圈。

「走之前的前天晚上还在通宵盯版，买机票啊高原反应啊也都没怎么考虑。」但他说这种

「说走就走的旅行」是建立在种种限制上的——钱、时间，以及计划。

「但是，就说时间吧，我们永远是有干不完的工作的。你永远做不到努力到头。」

「人要学会控制自己的欲望。」他觉得过分的努力，也是欲望过多的一种表现。

「只要在小康之上，每个人的日子都有自己的精彩。」

「三十而不惑。」这个三十二岁的「老男人」说自己还有很多的困惑。「但我已经会找到方法论去解决困惑。」

「没有人可以随心所欲，但可以能让自己不那么为难地生活。」

发声、管道

作为媒体界的「大V」，马昌博在微博上的发言并不活跃。

「我不太喜欢在微博发表公共观点。」在被问及是否是因为自己的个性使然，马昌博否定了这种推测。

马昌博说他用自己的管道发声。他在国家行政学院教授培训班，面对几十甚至上百个官员，「直接沟通交流甚至争执」。这样的途径更为直接，「彻底满足我对公共事务的热情」。

同时，他认为人们热衷于在微博这个平台上参与对公共事务的讨论，也或多或少反映了「表达平台的某种缺失」。

「微博可能是现阶段单一存在的对公共事务大规模讨论的平台。」他觉得和欧美各国相比，中国现阶段还是缺乏「各种各样成熟的管道」。

「当然，也是我自己的一种惰性使然。」马昌博说自己也的确更多地习惯了前一种管道。

「有转变，无割裂」、更好的人

「我今天在这里和大家做一个分享，好像说我有什么经验，但是我并不能保证，我永远会作为一个胜利者的姿态存在。」

马昌博在讲座的最后这样说。

「一个人不可能保证在所有的时代都能熠熠生辉，这是不可能的，大伙死了这条心吧。」

有起落，有变化，在所难免。

从有着「比冰雪更纯粹的对新闻最真诚的热爱」的马昌博，到「不谈理念谈技术」的马昌博。有转变，但无割裂。

他在之前的一篇文章写道：「没有什么人会永远熠熠生辉，物是人非实属常情，但我想无论境遇如何都应该努力做一个更好的人。」

这句话，也被作为他讲座末尾的忠告：「但是我们都要让自己努力，无论近况如何，都要让自己更好。」

第四章

年少轻狂，幸福时光

「年少轻狂，幸福时光」是句台词，来自曾经热播的《士兵突击》。作为一部军营戏，主旋律自然是小兵的成长，最触动人的，却是七连和A大队性格迥异的配角们。在这两个不大的群体中，他们有对抗有合作，有眼泪也有欢笑，不是水泊梁山式的聚义，而是更为乌托邦式的「不抛弃，不放弃」，亦或是「常相守」，摆脱不了电视剧的典型人物和戏剧冲突原则的美化，却也更让人心向往之。

大概是因为，群体，或者准确地说，是传统意义上为了共同理想走到一起的人们，在这个时代已经难以寻觅。得不到的永远在骚动，群体成为了神话与传说，就像完美的爱情故事一样让人寤寐思服。正如大部分我的同龄人迷恋《复仇者联盟》《变种特攻》或《海贼王》一样，作为生长于水泥森林中一室，体验过暑假被一人锁在家中的独生子女而言，对热血纯真、为了共同理想一起奋斗的小群体的设定，或许同样难以抗拒；而对于题材的迥异的喜爱，则仅仅是口味有所不同罢了。

在这章中，一半的篇幅交给《士兵突击》，从其分析群体精神的内核或意义；另一半，通过对现实生活中我能感知的最普遍最频繁的「群体活动」——组团去KTV为例，谈谈真实的「社交场域」，以及不免顺带提及，这些年来歌词给我们的「情感教育」。

年少轻狂，幸福时光

《士兵突击》正热播，是在二〇〇七年。那时在吃晚饭，为电视换台时，掠过一眼，是穿着绿军装的王宝强在月台被父亲送去当兵，憨憨傻傻挂着眼泪，当下判断是部军旅煽情戏，既凄凄惨惨戚戚，又要平地打鸡血[1]，赶紧切掉。

就在同一年，这部戏火了。「许三多精神」成了年度词汇，在书店里看到摆在橱窗里的畅销书，也不鲜见和《士兵突击》有关的：从管理学角度谈钢七连和老A的经验借鉴；或从厚黑学方面谈许三多的生存之道；当然也有成功学鸡汤教你要像许三多一样「不抛弃，不放弃」，面朝「南瓜」，春暖花开。

这是个作为无感路人转向内心见一次便黑它上百遍的过程。

真正开始扭转一点儿偏见，是三四年之后，被人卖了安利[2]，纸上只言片语的台词和复述，构建起了粗浅的「士兵」群像：

总是说着「有意义就是好好活，好好活就是有意义。」憨傻却执着善良，出身山村，从七连到A大队的士兵许三多。

「我要回去，回去找自己的枝枝蔓蔓了。」与三多青梅竹马，从名字就可看出饱受期待的村长儿子成才，人精如他，和木讷的三多是鲜明的对比，但路却走得最为曲折。

「年少轻狂，幸福时光。」掩盖着自己将门虎子身份，雷厉风行热血飞扬又有几分孩子气的七连连长高城。

「从天南到海北，不过是一抬脚的距离。」把三多从山村里带出来，就算三多拖累了全班仍不愿扔下这个包袱，陪他温柔坚持的「军中之母」班长史今，在退伍离开七连的时候，这样安慰着失去支柱的三多。

「我唯一的朋友，被你抢走了。」刚毅倔强侠骨铮铮的副班伍六一，把史今当做自己唯一的朋友，打心眼里讨厌烂泥扶不上墙、占用了史今的时间和友情的三多，却遵守对史今的承诺，帮助三多成长。

「削你们这帮南瓜。」在三多进入A大队时和队长袁朗一唱一和，严酷地训练他们的、动不动说要削他们这些新兵，外号「屠夫」、被直呼「恶人」的齐桓。

---

1 打鸡血：六十年代疯狂蔓延的一种「保健疗法」，方法是每星期一次，往人体注射数十至一百毫升小公鸡的鸡血。后来则被用来形容某人甚不正常的精神焕发。

2 卖了安利：「安利」指安利纽崔莱公司的产品，该公司的熟人传销模式以「你知道安利吗？」与人搭讪或切入主题。「卖安利」如今被引申为以一种不顾一切、状若癫狂的姿态向较为熟悉的朋友推荐自己极为心水的东西。

「平常心，平常心。」A大队学历智商双高的年轻少校吴哲，聪明而且豁达，热爱种花种草，守着自己的花圃，便自称「妻妾成群」，是「这个世界上最幸福的男人」。

「以后要常相守了。常相守，是个考验，随时随地，一生。」与七连的「不抛弃，不放弃」相对，袁朗作为A大队三中队中队长，为A大队注入了「常相守」的灵魂。他的军人素质过硬，通透但是狡猾，严苛但又悲悯，复杂而有魅力。

忍不住看了电视剧，三十集的电视剧的容量，重新填充了纸上印象，毕竟有太多的细节、动作和荡气回肠的背景音乐。配角战士甘小甯、马小帅、白铁军，也各有各的性格，虽然戏份不多，仍旧格外饱满。彼时众主演大多仍未走红，一张张不太熟的面孔让你感觉不到出戏，而演员们也真心实意地把拍摄当做军营生活，角色中不免染上了几分主演的气质。与此同时，他们厮混成了一片，剧中的互动带着真实的熟悉感，下了戏，仍是好哥们好兄弟把酒谈心，肆意地欢笑闹作一团。戏里戏外，都要衷声赞颂一番，正是他们的「年少轻狂，幸福时光」。

之所以有这么多人喜欢这部戏，大概也是因为它不只只是一部许三多的个人奋斗史。当然，许三多是牵动这部戏往前发展的主绳，不能否认他的主角地位，而成才、高城、史今、六一、吴哲、袁朗，都那么的有血有肉，像真实世界中的人一样，每个人都有着自己独特的性格。作为观众，每个人也都能从自己性格的不同方面，从这些主角身上找着不同的共鸣，从他们的经历当中有所感悟。而只有这些角色聚集在一起，才真正赋予了这部戏活色生香的魅力，有苦难、有不舍、有缺点、有成长。「佛能纳须弥于芥子，于芥子中现大千世界」，在

《士兵突击》所构建的微观社会中，作为电视剧，不可避免地把矛盾放大了、把情节夸张了，但这一切或许让人有此机会，于细微处拷问自己的心灵和成长。

脱去军营戏的外衣，其实《士兵突击》真正要说的，是人的成长。不只是一个人单打独斗的成长，而是如何在一群和自己性格各异但目标一致（或相近？）的人中找到自己的根基，共同成长的过程。三多、六一、吴哲、高城，以及成才，都有着自己的梦想和执着，也因此有着难以避免的缺点，是之所谓他们「年少轻狂」，热爱生命，共同勇往直前的岁月，是最难忘的「幸福时光」。

大概也是因为，我的青春，和他们比起来，那么相形见绌。大部分时间，是在日复一日的题山书海里度过的，还有陪伴着的青春期无休无止的自我思考的晦暗。高考是必须经过的天堑，「光荣在于平淡，艰巨在于漫长」，这我也知道，只是不光是我，周围大多数的人，只不过是茫然机械地做完了一本本练习题，默默估计自己的排名，随着波，逐着流，没有太确切的目标，也没有能超脱这一切的信仰。

高中三年，是我记忆最为疏浅的三年。很多人的名字，当时也未曾熟悉，没有太多共同的回忆，来也匆匆，去也匆匆。也不太同于我之后的人际交往，大多是以共同兴趣为由，三年同学，不过是命运玩弄之手放到了一起，加之青春期大概总是把最长的时间留给了内心，回想起来，大多是模糊的光斑，在脑中涌现时，仍带着稍显陌生的尴尬。维舟在回忆高中生活的《大地上所有的河流》中，伤感地说：「生活会拆散我们。」而我羡慕地想，张晖和他在高中时就结下的「平生风义兼师友」的知己之交，是不愧于青春韶光的。

离第一次看这部剧，已经五年过去，其间重温过几次，越往后，生出的感慨倒是越发得多。虽然在之后的日子里，也并没有遇到过能让我觉得「年少轻狂，幸福时光」的日子。电视剧是电视剧，人生是人生，这是自然的道理。大概是因为已经站在了青春的尾巴上了吧，虽然林奕华说，青春与时间的流逝无关。

林奕华看「三国」，看出的是所有人的失败，和长久不息的青春。他说，青春是不害怕失败，不会失去感受失败的勇气和能力。我觉得，这和《士兵突击》所说的青春，是同样的主题。《海贼王》的「海盗冒险团」、《银魂》的万事屋三人组给我们上的，或许是同样一堂课。只是我们自己的故事，大多时候，已经忘掉书写。

不抛弃，不放弃

在《士兵突击》电视剧里，「不抛弃，不放弃」这句话，是众所周知的七连精神，被高城、史今挂在嘴上，三多也学会了。出了电视剧，大家每每提起它，总是和所谓的「许三多精神」挂钩，在各种需要发扬个人奋斗精神的地方，被台上的发言人满怀激昂地喊出。

在某一段时间内，每逢中考、高考，在操场上聚起学生，校长陈述一遍考试的重要性，以及对同学们的祝愿，在结尾往往要大喊一声：「不抛弃！不放弃！你一定会成功的！」下面的学生也很振奋，跟着大喊一遍。俨然是许三多取代了疯狂英语的李阳，在我国教育成功学领域，攻城掠地无数。

要较真地论「许三多精神」嘛，倒应该是他最常念叨的「好好活就是有意义，有意义就是好好活」。我觉得这句话太过拗口，显然没有「不抛弃，不放弃」朗朗上口、简单易诵。就像那句著名的「天才就是百分之一的灵感，加上百分之九十九的汗水」，不过是爱迪生的前半句话，人们故意在口口相传中，要忘掉后半句「但是那百分之一的灵感是最重要的，甚至比那百分之九十九的汗水都重要。」我疑心所有热爱把这句话当做成功学真谛的人，小学阅读理解能力大多是不合格的，要不然是故意装傻，后者就有点动机不良的嫌疑。

虽然「不抛弃，不放弃」的后半句，显然是鼓励我们要坚持自己的理想，坚持用汗水一路上披荆斩棘，即使渺茫也不可放弃，这当然没错。放在前半句，按语法来说更为重要的「不抛弃」，说的是「吾道不孤矣」，如果有幸成为为了同一个共同信念奋斗的团体成员，应当在这条路上，不抛弃每一个成员，也不抛弃共同的信念。

在我心中，真正做到了「不抛弃，不放弃」的，是班长史今。在下榕树村，虽然抱着要「建设全高中连」的决心，在许三多家，当爹的许百顺的百般殷勤让他实在不自在，许三多的憨傻也是让他有苦难言。

许百顺坚决要把这个孬儿子送去当兵，在他面前对三多的憨傻劈头盖脸一番打，许三多不敢闪躲，怔怔地看着他。他想起了自己的出身，想起了自己作为家中老末的地位，想起自己曾经遭遇的相似的处境。他咬紧了牙，喝下许百顺的那杯酒。

「我要了！我要了他，他就是我的兵。你打你儿子、骂你儿子，我管不着。从今天开始，你要是敢打我的兵、骂我的兵是龟儿子，我一百八十个不行！许三多，我要你了，我要你了啊，我要他了。你别以为是好事，我要了你，你就得给我争气，你玩了命，班长就得陪着玩命！一年，一年，一年的时间！我把你，我把你这龟……我把你儿子，我把你儿子，带成一个，堂堂正正的兵！」

这是一份郑重的承诺。

许三多在家是个孬儿子，在部队也是个孬兵。他喊不好口号、走不好正步，演习时会揣上熟鸡蛋，拖累了整个三班。作为连长的高城，对于许三多一个人搞垮了七连全体准备了整整三个星期的演习，自然不可以不管，况且，他「是担心因为这样的一个人而废掉我最好的班长」。

对于史今来说，何尝不知道对自己而言，这是关键的一年。退役是悬在头上的剑，假如他不能交出自己和三班都合格的成绩单，而许三多占用了太多他的时间，许三多的成绩，注定会拖累全班。

高城找他谈话。

史今说，是「我欠他的」。

「史今：我欠他的。

高城：你欠他什么？你收人钱了？

史今：不是。

高城：你吃人喝人了？

史今：没有。一个承诺。

高城：什么东西？

史今：一个应许。

高城：你在外边瞎答应什么啊你？

史今：不是，是心里边的。是我招的兵，我答应他们家，我说『要把他带成堂堂正正的兵』的，老头都哭了，人说『任你打任你骂对他好点』，咱连的兵跟您说『连长让咱七连更像样一点』

不跟着一样吗，连长！

高城：不行。

史今：连长！你有在心里边要答应完成一件事吗？不管是对别人还是对自己，你有吗？」

在三班，和他最亲密的伍六一，也为他着急，怕他被许三多拖垮。史今反问伍六一，还记得他在入伍誓词上，被告知自己是七连的第几个兵吗？

伍六一答道：「四千九百个。」沉思了一下，明白了班长的意思。「我明白，是为了不抛弃每一个是吧。」

史今笑了，伍六一明白他。许三多是第四千九百五十六名钢七连的列兵。进了七连，生是七连的人，死是七连的鬼，「不抛弃，不放弃」。不放弃列兵许三多，是钢七连三班班长史今的责任，也是钢七连所有人的责任，在此，他的去留是小问题，而这份信念值得他赴汤蹈火。况且，他对三多，不是没有感情。

对于三多的痴傻，他自然也有恨铁不成钢之感；而有时，他都不知道怎么和这个孬兵沟通，像七连大部分人一样，因为和三多说话，大部分时间总像对牛弹琴。

三多第一次拆装甲车，史今亲自蹲着，替他掌着钎子，让三多往下抡锤。三多迟疑着没砸几下，就直接把史今的手砸出了血，史今一瞬间脸上的表情很痛苦，估计三多失了力度，下手太重。他调整了一下面部表情，微笑地安慰三多，是他的错，他太逼三多了，太急于求成。他说：「班长今天豁出去了，尽管砸，砸着人没关系，总有一次你能砸准。」

三多慌了手脚，站住，不动。史今让他再试一次，三多再次愣住了，不敢。

史今不是圣人。所有的情绪在一瞬间都爆发了，许三多这个孬兵给他带来了太多委屈，也让他担上了太多的压力。

「你想拖死我啊许三多！为了你我已经跟连长掰了，我把全连都得罪了你没看见啊？我今天跟他（伍六一）也掰了，我最好的朋友，我带出来的兵，你不知道啊！许三多，咱们三班现在总分排全连倒数第一，你还想咋的？你再这样干下去，明年我就得走人啦！

就因为一个……一个龟儿子，啊，我招了一个我看走了眼的龟儿子！你以为你穿了这身军装你混进部队你就是兵啦，你连个铁砣你都抡不起来你就是个兵啦？你啥玩意儿也不是！我看透你了，你还是那三字：龟！儿！子！别再让你爸叫你龟儿子，砸，砸呀！」

任是兔子，逼急了也咬人。在无限重复的「龟儿子」，和班长要走了的恐惧中，许三多提起锤子，往下一下一下稳稳地砸。

锤抡好了，班长欣慰了，三多也在班长欣喜的脸色中，感到了些许自信。趁热打铁，史今让许三多在连长面前也要获得肯定，半哄半骗半骂，把许三多逼上了单杠，没想到最后，许三多做下了整整三百三十三个腹部绕杠。这对于史今来说，也是个惊吓，却让连长高城对许三多刮目相看，七连所有的人都用一种全新的目光，来看待这个他们都不怎么瞧得上的兵。

许三多业务越发熟练了。许三多成了尖子兵了。许三多在七连和A大队的山地实弹演习，直接逮到对方中校袁朗了。史今的笑很欣慰，高城却有了忧虑，军队总是选拔最优秀的士兵的，最终是许三多，而不是史今，坐上了车，去了师部。史今送三多，依旧笑得很灿烂，虽然在雨中的身影有些凄然。这是他退伍的日子了。

高城问他，在退伍之前，还有什么没有实现的心愿。他想了想，没有，倒也有一个，一直说着保卫首都，却从没看过北京的天安门、西单、王府井，还有烤鸭。两人对视一笑，眼眶却红了。

车子在北京熙熙攘攘的大街上驶过，史今新奇惊讶地看着车窗外北京的夜景，这是他第一次看见这个他幻想过很多次的地方。在车上，他忍不住嚎啕大哭，高城抱住他的肩膀，摸着他的头。离别太让人痛苦，而史今对三多说，自己的离开，是拔了三多心头最后的一堆草，他豪迈地说道，天南到海北，不过是一抬脚的距离。

在所谓成功学的定义下，史今是失败的。他原本并不是不可及的留下升迁，最终落空成了退伍，回到自己作为老末的乡村的家。「你怎么说话不算数呢，你跟我说照顾好你的前程……」「今儿，可你今后该怎么办？」高城借着酒劲，在演习后的庆功宴上，第一次叫史今「今儿」，史今今后该怎么办？我觉得，他自己也不知道。他当惯了兵，一下又被打回到了原点。

但他在剧中最后一个镜头，仍然是温和地笑着。

后来，在最后一个新兵马小帅的入连仪式上，只剩下了高城一个人，他向着连旗，像之前无数次那样庄严敬礼。后来的后来，望着空荡荡的营房，他说：「我哭过了，两个小时以前。」

后来的后来，象征着「不抛弃，不放弃」的钢七连，虽有着高城不屈的斗争，为了现代化军事建设，终究是解散了。在这部电视剧里，信仰这句话的人，没有获得任何世俗意义上的成功，这句话勾连着一串又一串的失败。

但失败和成功，从来都不是这些人真正追求的。或许更惨烈地说，他们追求的是，就像史今赌许三多会不会成为一个好兵一样，是对「不抛弃，不放弃」这个共同信念的坚持，追求的是明明放弃抛弃或许是更好选择的情况下，无愧于本心，对一些稀缺但美好的质量的坚持。

况且，「不抛弃，不放弃」，在所有七连人的骨头里，永远不会变弱，永远也不会消亡。

在A大队的选拔上，开着车的高城，发现了隐蔽得不到位的马小帅。马小帅并不介意，亲热地扑向高城。高城做了一个没有过的决定，他决定放水，是厌恶不平的选拔制度，也是对七连人不易的一丝柔情。马小帅困惑于不被带上车，高城骂了他，随即自顾自开车走了。这个平素机灵的小兵跳了起来，在黄昏的草原上，拨开激光信号表，拉开弃权弹，像举起胜利的火炬一样，骄傲地举起它，冲着这个最初告诉他「不抛弃，不放弃」的七连精神的人，大声喊出了：「别以为我到七连没几天，就长不出七连的骨头！」

高城可以无憾，七连可以无憾。

自然，《士兵突击》是一部军事题材的电视剧，「不抛弃」的价值观自然是要被浓墨重彩地书写的。在战场中，「不抛弃」要比「不放弃」重要得太多，诗经上就写道，「岂曰无衣，与子同袍」，同一个战壕里的战友，赌的是性命相交，看重的是最为薄弱的后背都能交给对方的情谊。七连作为一个培养列兵的部队，更多的是「教化」的职责，更为强调「不放弃」，也是注定的。电视剧和现实生活，永远仍是横着跨不过的天堑。

人人渴望成功，这是自然的。但盛行的成功学，教会我们的大多是冷酷和利用。但或许，「不抛弃，不放弃」的意义就是，揭示一条可能少有人走过的路，放下成王败寇的一元标准，虽然我们在现实生活中，从不会见到这样一群人的存在，但鲁迅说：「绝望之为虚妄，正与希望相同。」

恶的善良人

我所曾看过的大部分电视剧，在涉及到生死问题时，呈现角度一定是：光明正大的主角的同伴，为掩护主角而壮烈死去。镜头一定要摇得慢，背景音乐一定要分外煽情，主角悲痛万分。其后就进入了暴击模式，一路迅速地过五关，斩六将，大 boss 也假意抵挡一下，祭出最眼花缭乱的打斗让观众满意，便被格外英勇的主角斩于马下。一切尘埃落定，主角站在死去的同伴前，说：「为了正义的事业，为了我们心中的信念，你献出了你的生命，如今可以含笑九泉了。」大幕缓缓落下，「The End」慢慢浮现，观众很满意，仿佛自己也作为正义同盟中的一员，替天行道，伸张正义；坏蛋全都死了，好人有牺牲的，但最好的那个一定会活到最后，还有什么更圆满的结局呢？

这样的套路演久了，观众也总会厌倦，电视剧的制作方，也要想着法子升级，绞尽脑汁的成果也无非是：好人越来越好，坏人越来越坏。怎么突出好人的好？主角越来越好看，口中的家国大义也越绕越晕。那怎么突出坏人的坏？坏人的相貌越来越穷极恶相，智商却越来越低。可惜观众的要求总是水涨船高，编剧是道，观众是魔，永远道高一尺，魔高一丈。于是不堪重压的可怜编剧，反反复复向自己念叨着：关键在于戏剧冲突！于是剧情越发地狗血，情节越发地荒诞，「手撕鬼子」必然是其中的巅峰之作，一举将抗战剧送至了 Cult 片的巅峰水平。观众轻笑一声，却不买账，「现在我们只看主演的脸」。

太平盛世，我们对死亡的了解，大多来自于家人因病痛意外的离世，或是报章上渲染过度的吸引眼球的文章。前者是因为血脉亲情加之死亡必然的悲恸，后者则是对于无关系之人死亡的轻浮与猎奇。对于死亡，我们不知其本应该有的尊严；而对于生，我们也不过是浑浑噩噩。看客式的麻木如同《十日谈》中的黑死病一样，不仅仅是在鲁迅的时代，在我们的时代，也正是时代病之一，人人都无法幸免，而或许，对于自己的人生，比对他人还要来得麻木。

正如《十日谈》里的青年男女，需要躲进与世隔绝的修道院这个载体，才能毫不避讳地讲出滑稽世事；《士兵突击》在我看来，作为电视剧这个虚构却又真实的载体，构架出必须亲身接触死亡，掌控死亡的时刻：一队军队化武装的越境毒贩，因为他们的秘密通道被发现，与军方展开了激烈的交火，许三多所在的A大队，被派来在边境线上伏击罪犯。

这一天，是许三多的二十三岁生日。密集的训练，使他具备了杀死敌人的一切技能素质，而实际上，他从未杀生，「连一只鸡都不敢杀过」。

许三多说：「枪声响了一夜，毒贩一直没放下枪，于是我们也不能放下枪。」在夜里的这场战斗中，A大队二十五人击毙敌方二十人，而他一枪未发。

他却在单兵侦查时，独自遭遇了一名毒贩。毒贩身边带着一个女人，见到许三多，立刻抓过来挟持着，告诉三多，这是他买过来的女人。女人看起来很柔弱，但又有几分不对劲，许三多迟疑了，不敢出手。而这个看似柔弱的女人，突然冲过来袭击他，他几乎下意识地给了这个女人一脚，踢在她的胸上，吃惊地看着她掐着自己的脖子，喉咙作响，口吐白沫，倒了在地上。

这是许三多在战斗时杀死的第一个人。「今天我二十三岁，二十三岁，二十三岁生日这天我杀了人，二十三岁时我失去了天真，经历过死亡，再没有天真。」

他既困惑，又痛苦。他只希望自己刻苦训练，做一个好兵，却从没想过，真的有一天，需要用自己练习的成果，去杀死一个活生生的人。即使这个人他知道有着确凿的罪行，即使真正陷入你死我亡的战地处境，即使这个人他素昧平生，和他从前往后的人生都无所交集。

况且，他几乎是下意识地杀死了一个人。没有等他理清这一切，他看看自己，吃惊地发现自己不再是从前那个憨傻善良，总被人愚弄摔打，却善良不还击的三呆子，多年的训练之下，自己的双手像一台最精密的自动仪器一样，在生死关头，毫不迟疑地作出了抉择。

这踢破了他混沌一片的善恶观，逼他思考一些自己从来没有想过的问题。许三多一向抱着「好好活就是有意义，有意义就是好好活」的观点，「不抛弃，不放弃」他记住了，「常相守」他也记住了，但这些都没有让作为他心中根基的「好好活有意义」，有一丝丝动摇。

天真不等于善良，混沌不等于圆满，而这些，必须他自己想透。他必须自己构架起基于内心的道德体系，而这正是生为人必须有的尊严和价值，也是作为士兵去面对自己杀人惩恶的职责的唯一方法。

作为对照，吴哲在夜里的伏击时，便开枪了，他第一次闻到被击毙的人的血腥味时，同样需要跨越一条心理上的鸿沟，突然察觉自己失去了某些本来具有的东西。继续推进，他近距离查看了自己射杀的毒贩的尸体，仍旧忍不住大大呕吐了一番，转过头，问袁朗：「这些毒品能害多少人？」

袁朗答：「天文数字。」

吴哲面带茫然，问：「我是不是救了很多人。」

袁朗回答：「我替他们谢谢你。」

但他知道，「不过我早就准备好失去这些东西」。与许三多不同，吴哲惯于思考，也经常质疑袁朗的权威，天性聪颖，而不失之善良豁达。因而他找到了「我救了很多人」的突破口，就能顺着而上，虽仍心怀众思，但不至于纠缠于此。

而这让许三多开始质疑起他当兵的意义。让他需要逃离A大队，晃荡到北京，去找曾经帮助过他的人，何红涛、高城，还有找回了枝枝蔓蔓的成才。他仍旧被袁朗和这些故人逼迫着，要去努力解决这个问题，但他的问题再也不能依靠他人解决，因为问题出在自己的心里。成才必须要找回枝枝蔓蔓，而他必须要自己想明白，努力做个好兵是为了什么，才能战胜他必然窥见的虚无。

只好好活，从不是有意义。

恶，也不是善的对立面。恶，也可以是善的一种手段。

而从善如流的善，只可能是平庸的恶。

就像在《西游记》中，要是只有会吃斋念佛的唐僧，在取经路上行不得分毫。在「三打白骨精」一役，唐僧俗胎凡眼，识不得妖精三般变化，却要把火眼金睛、一棒打死妖孽的孙悟空百般咒骂他手段狠辣，念紧了紧箍咒，把大圣折磨得死去活来。不辨是非的善，是愚善，把一路忠勇降妖除魔的孙悟空，逼得含泪弃他而去，也死不悔改，被白骨精生擒而去，却一时间再无别人护他。

欣赏袁朗曾说的：「善一旦遇到恶，先受伤的总是善良。所以我后来对自己说，袁朗，你一定要做恶的善良人，因为你不能让你的部下受伤。」因为只有做「恶的善良人」，才能在这不乏恶的世界，保护于自己而言真正重要的东西。恶，是手段。

而要成为「恶的善良人」，则需要你真正辨明世道人心，这需要修炼不假，而这是每个人必须经过的一槛，虽然天资不同，在此间需要的磨砺也不同。更重要的是，也唯有在此过程中，方可以明白对你而言，什么是真正需要用一生来捍卫的，而这，就是你自己人生的意义所在，是每一个人挣脱虚无的不二法门。

KTV，与社交场域

戏谑地说，我国当代大学生的日常生活，从物质到精神，宅在寝室，连着 WiFi，就可以一步到位。

一个标准的无课周末的流程是这样的：上午被手机铃声震醒，刷牙洗脸顺带着开机，吃着囤积的余粮，开始追新番、看美剧、下副本、打 Dota[1]。手机上微信，微博间或有提示音，右手不停，左手划屏解锁，行云流水地点开输入法回覆讯息。提前于饭点打开外卖 APP，订下中午吃什么，继续追新番、练级、打 Dota。等送外卖小哥骑着电动车姗姗来迟，手机电话铃声大作，按下暂停，匆匆下楼提回午饭，就着 bilibili 上弹幕横飞的五分钟配饭视频，如《十万个冷笑话》等等。饭毕继续追新番、看美剧、下副本、打 Dota。晚饭同理，间或刷微博上贴吧，满足一下社交需求。

在我们还小的时候，这会被写做「『网瘾少年』的一天」，上社会版以供家长痛心疾首，但在现在，这是每间宿舍所经历的最平淡无奇的一个周末。宅的定义标准越来越高，想来想去，我心目中只有一位一年三百六十五天除了上课（虽然逃学挺多）天天例行这套流程的狂热游戏宅，才够得上给宅代言。

「若马斯洛（Abraham Harold Maslow）生于这个年代，一定会把 WiFi 设定成人类生存最基础的需求。」当代互联网段子里如是说。

当然，在荷尔蒙纷飞的大学校园，只有网络上的暧昧撩骚是不够的。虽然联谊舞会已经属于上个世纪，喧闹的party也不符合我国大学生内心拘谨的现实，但「在线转线下」的发展模式总需要助攻，故而，大家总需要在线找到些什么理由，发起线下抱团取暖的聚会。据我凑热闹中进行的田野调查而言，没有比KTV更承担了如此社交重任的地方了。

一般而言，总会有前戏。一群人总是商量好去哪儿先吃一顿，声势浩大地团购了十几位的券，杀到自助餐厅惨无人道地进行肆虐。在餐桌上促进同学情谊是主要目的，另外的深层目的则是改善伙食，毕竟大学食堂的伙食无论是什么年代，都仍旧停留在大锅饭的水平，憋屈的胃总会要求我们偶尔打打牙祭。实事求是的来说，我的胃比我爱凑热闹。

一顿饕餮之后，物质生活满足了，该轮到精神生活了。晚饭毕，大队人马郑重地杀到KTV去，为首的掏出手机，打开另一个团购APP，出示一张大包厢通宵团购券，服务员领路，铺着绿色地毯的小道曲曲折折、不断交错，一路上的包厢，发出震耳的音乐声和大多荒腔走板的歌声，以至于每次凌晨之后，我出来上厕所都几欲迷路。

---

1 打Dota：Dota是*Defense of the Ancients*（《遗迹保卫战》）的简称，基于《魔兽争霸3》开发的自订地图，为多人实时对战游戏。

一群人推推搡搡进了包间，服务员开麦，送进来附带的啤酒、零食，人人争先恐后地挤满了沙发，笑闹成一片；服务员转身离开，带上房门，这厢麦霸们早就挤到点歌台前，为自己点上了好几首歌。灯，一直没开过，包厢内部是一片昏暗，正中的液晶大荧幕闪烁着略微刺眼的光，映在每个人脸上，是幽幽的白光，大约也是灯光。看旁人眼睛中的神采，在此时比往日都要亮些，在他人眼中看来，我自己或许也是如此。

长夜漫长，而大戏才缓缓拉开帷幕。

◇ 神曲

「媚俗的根源就是对生命的绝对认同。」——米兰·昆德拉（Milan Kundera）

「我们是有普通感觉的普通人，而我们的普通感觉并不是全坏。」——宝琳·凯尔（Pauline Kael）

一般而言，除了为数甚少的几次随机大合唱，三三两两抱团抢麦同唱一首歌大多发生在前半夜尚有精力时，更多时候是麦霸们强势占领了阵地。临近午夜，则是少数精力还能支撑的人，坐在已睡得东倒西歪的人群中，独自幽幽地享受着不被打扰的独门心水歌曲时间。

大合唱最多发生在开始之时，群体中总有个「带头大哥」，一声吩咐，报上歌名，耳熟能详人人能唱，坐在点唱机旁的「小弟」殷勤地点上。而要达到耳熟能详人人能凑一声的效果，其实这选择嘛，大半在「神曲」中打转。

在我刚上大学时，多半是「爱情不是你想卖，想买就能卖」的《爱情买卖》，或是「苍茫的天涯是我的爱，绵绵的青山脚下花正开」的《最炫民族风》。从歌词就可窥知大半，这些歌最大的特点就是通俗简陋媚俗，配上简单摇摆的曲风，可想而知是所谓「天雷滚滚」。

吊诡的是，作为有知识有文化的新时代大学生，平日里，在座诸位都口风一致，是绝不听这些歌的，坚决不能把自己的品位，降低到和跳广场舞的退休大爷大妈一个水平。

鄙视链是始终存在的，如和菜头叔考证音乐播放 APP 的鄙视链所云，「鄙视链这种东西，重点就在于小众，独立和地下是另外最重要的两个维度」，放诸四海鄙视链皆准。

包厢内坐着的诸位「文青」们，端坐于鄙视链上端的，是最自诩听小众 indie 和外语好的英伦摇滚，平日里是素以热爱 Pink Floyd、The Rolling Stones 为荣，以热爱 Green Day 或 Avril Lavigne 为耻；次之的，平日里以热爱崔健、「魔岩三杰」为荣，以热爱新裤子或逃跑计划为耻；再次之的，以热爱李志、张玮玮为荣，以热爱五月天、陈绮贞为耻；再往下，要你只听凤凰传奇、慕容晓晓，那诸位只会劝你，还是早点买块豆腐吧。

但在 KTV 里，魔幻的前奏一起，处于鄙视链上中下游各自窃窃私语的人们，都明显被震醒了。「带头大哥」满意地一笑，带头唱了起来，大部分人乐于配合，跟着鬼哭狼嚎一气，做势学着广场舞的姿势扭动一番，逗得彼此开口大笑，还要招手鼓动稍微羞怯的同伴，一起 high 一把。

米兰·昆德拉忧伤地说：「在媚俗被当作谎言的情况下，媚俗必定处于非媚俗的境地，媚俗一旦失去其专横的权力，它就像人类的任何一个弱点一样令人心动。因为我们中没有一个是超人，不可能完全摆脱媚俗。不管我们中对它如何蔑视，媚俗总是人类境况的组成部分。」

但喜爱金属噪声的颓废男青年，和穿着碎花裙子心心念念陈绮贞的小清新女生，虽都在一伙人中，彼此虽从不屑于言语，此刻却一同在沙发上边唱边笑，在同一格画面里前仰后合，倒在了一起。

平日里声称自己只爱巴赫的连扣子都系到最上一颗的古板男孩，被有意取闹他的灌多了，被点了一首《我的滑板鞋》，推到正中间，塞上一只麦克风，大声地唱起：「有些事我都已忘记，但我现在还记得，在一个晚上我的母亲问我，今天怎么不开心。」把脸都涨红，一群人冲上去，推着肩在包厢滑腻腻的地上「摩擦摩擦」，找不到调更好，因为据说原唱在 KTV 里自己唱的每一次，都有着不同的调。

对于我来说，之前从来没有经历过这么和别人沉浸入同一种情绪的境况。我像大部分人一样晃荡着手中的啤酒瓶，一方面觉得毫无意义百无聊赖，另一方面和所有人一起高声唱起自觉滑稽的语句但满面微笑，望着每个人和我一样倍感心安。

是一种需要共同体的情绪宣泄，还是一种毫无争议的审美体验？但我们在一瞬间仿佛相亲相爱，而将整个晚上的基调都变得不那么太坏。

「坎普」或者「刻奇」，在这间灰暗的看不清彼此面目的 KTV 里都不算重要。虽然我们清晨被服务生推醒之后，会在每个光天化日下对它闭口不言。

◇ 在KTV里谈情才是正经事

「拥挤的房间一个人的心有多孤独／让我断了气铁了心爱得过火／一回头就找到出路／让我成为了无情的K歌之王／麦克风都让我征服」——《K歌之王》

在我为数不多几次跟着人们去KTV的经历里，铁打的team、流水的person，却总能看见D君。提起D君，我和他不大相熟，大抵知道他是所谓本市其他高校的风云人物，据说满身才艺，各处可见他活跃的身姿，故而也记住了他的名字。

对他真正有印象，是因为他是个当之无愧的「麦霸」。

作为礼数，全场大合唱的段落过后，包厢在座的都差不多要每人献上一首，跑调如我，也得勉强上阵。酒过一巡，便是自由发挥的时间了。同来中总有几位自恃歌技不错且活跃的，自然按捺不住，在座人听了都自惭形秽，不敢出战，自由发挥时间，大多成了「麦霸」鏖战的时间。

D君在「麦霸」之中，也属于异数。前麦霸唱周杰伦的《爱在公元前》，把含糊语气学得惟妙惟肖，他唱一首《双截棍》，还要比划着动作；后麦霸唱陈奕迅的国语歌，他用粤语唱《富士山下》，发音标准且富有感情，眼中似有泪光浮动，忙着自拍的小女生全都抬起头，带着崇拜看他静静唱。

时至十二点，再怎么想跟他拚的「麦霸」都熬不住了，大家在沙发上睡得东倒西歪，睡意朦胧中，似仍听到他点了慢歌自己静静唱。早上服务员来通知走人，只见他仍神采奕奕，端坐在点唱机前，唱着无人听过的老歌，似是一夜未睡。这家伙一定是开了外挂，在这点上，大家似乎观点一致。

有时聚餐时不见D君，待大家进了包厢，没过多久，D君推门而入，笑吟吟坐到大家中间，在座的几个女生总暗暗骚动，旁边人闹着怂恿他，给大家唱一首作为迟到的赔罪，要高难度的。他每次都唱《浮夸》，全力投入而声嘶力竭，可以见到他颈部暴起的青筋，每个人都被镇住，不动地听他唱完。一曲歌终了，他抬抬眉，大家自然都大力鼓掌，带着点不易察觉的畏惧。转瞬之间，他又恢复到嬉皮笑脸，坐下，和旁边男生女生闹成一团。

我从没见过比他在KTV唱歌时更投入感情的人，也没见过这么快镇定自若地又能抽离出来的人。旁人告诉过我，一般相熟的朋友要一起去KTV的，总会有他。他热爱KTV，超过一切，大概，也会包括他的历任女朋友。

据说，他的历任女朋友大部分都是在唱KTV时认识的。

对于这点，我倒不怎么吃惊。作为唱得最好的男生，他在KTV里太受女生欢迎。女生「麦霸」太多，而自个儿唱来唱去，又多半没有什么意思，于是拉他来男女对唱。至于对唱的歌，自然是浓情蜜意或爱恨纠缠这一类了，两两对视，他又总唱得深情，自然容易让对方戏假情真。

见过他与人对唱《当爱已成往事》，他确实在自觉与不自觉之中，带着款款的深情，「别留恋岁月中，我无意的柔情万种，不要问我是否再相逢，不要管我是否言不由衷」，决绝又哀恸，低着脑袋唱，和他对唱的女生明显要比他弱下去了，但声线中带着惊艳之情，目光仰视着他，他似是全然无顾。或是唱欢快一点的歌，女生总是央他来救场的《小酒窝》之类，唱着就带点调笑，本来挺豪放的女生，脸上都爬上红了，周围的人也趁机起哄。只是其中一次，有个女生默默地拉开包厢门出去了，过了半天才回来，眼眶红红的。旁边的人对我咬耳朵八卦，这是他某度前任，分了手之后，似乎现在双方仍是朋友，但难免还是有所介怀。

我略微有精神洁癖，听到这话之后，自然明白是别人的私事，但对他难免有些低看。所幸和他本身也没什么交集，算是个点头之交。

直到某天，和两个朋友正要去市内的餐馆吃饭，正是六点刚过的光景。进门时，只有一桌顾客，依稀望见是他，正和一个女生对坐相谈，坐得偏僻，我自然也不想去打扰。我们隔着老远坐下，点完菜，无所事事地等着上菜。

期间，那边的动静颇大，似乎是一些调笑之类。

突然其中之一的朋友，神秘地用手肘撞了撞我，用眼神示意我往回看，努了努嘴，挂着看好戏的笑。

我一没回过神，忘了坐在我背后那个方向的是D。回过头，正撞上他与对坐的那个女生已是并排坐着，笑闹作一团，他头部往前略伸，那女生正要拿筷子喂他，不料这时我与他眼神正好撞上，实在过于尴尬。我忙把头转回来，朋友望着我一脸尴尬。「熟人？」「不，是个知道名字的点头之交。」「哈哈……那比熟人还尴尬，吃饭吃饭。」

自然，吃着吃着，就把后面那桌尴尬给忘了。朋友偷偷往那边望一眼，说：「这小情侣还挺甜蜜的。」我想起的是听来的那些八卦，自然有些抵触，又不太适合透露别人隐私，尴尬地冲她点了点头，又摇了摇头。

D自然比我们先吃完，没料到的是，他临走之前，竟过来和我打了个招呼，我尴尬地回了，他带着女伴扬长而去。朋友自然要揶揄我：「没想到你还认识这么风流少侠的人物呢？你这么死脑筋一人。」我急忙作揖：「姐姐，放过我。你比我还宅呢，除了动漫人物记住了谁？D你也不应该听说过么？你们学校的。」她一笑，想了想，说：「听是听说过，第一次对上号，这也太印象深刻了吧。」

后来琐碎的事日多，对于离家不受束缚，靠自由意志选择集体生活的新鲜感也日益褪去，不太去和一群人凑热闹去了。

不过也有推脱不掉的时候，这圈人里最先相熟的一个朋友过生日，电话里说怎么着也得给个面子，于是我不得不去。又坐回在了包厢里，过生日的气氛格外高涨，蛋糕和每个人的脸都遭了殃，朋友早被灌醉了，躺在沙发上。我擦着脸上的奶油，蹲在旁边，饶有兴致地看大家都像打了鸡血一样，在包厢中间胡乱蹦跶，中间轮流有人如痴如醉地唱着自己的歌。

估计到了半夜一两点的时候，才算消停，但全体几乎都立马趴在沙发上，睡得死沉。我在午夜前，却就稀里糊涂睡着了，此刻却突然醒转，大概是那段时间突然有了夜里突醒的习惯。

一时想不起身在何处，耳边仍有人幽幽唱着歌的声音，迷迷糊糊张开眼一看，是D。突醒后总是不太容易睡着的。我仍旧瞇着眼，听他唱，是《K歌之王》：「我唱得不够动人，你别皱眉，我愿意和你，约定至死，我只想嬉戏唱游，到下世纪，请你别嫌我将这煽情奉献给你。」

D的侧脸，映着发着亮光的荧幕，格外地苍白。然后又切到国语版，就是一个人唱给自己听也要炫技吗？

「写词的让我，唱出你要的幸福，谁曾经感动，分手的关头才懂得，离开排行榜更铭心刻骨，我已经相信有些人我永远不必等，所以我明白在灯火阑珊处，为什么会哭。」

和过去唱得一样好，或者……更好？我默默地想。

却有点不对，声音里……似乎有些哽咽？我偷偷望了他一眼，见他侧脸上有泪滑过。我惊诧，也有些许尴尬，自我欺骗一样赶紧合上眼。

听声音，D依旧很投入，应当没发觉，我庆幸。

《K歌之王》之前不是没听过，在之前几次的KTV里，他也不是没唱过。然而他唱这首歌总是挂着戏谑，特别要炫耀一番自己国语粤语的对接，仍旧让好几个女孩激动，也或许有几个女孩红了眼眶。但他不在乎，只是唱着，享受着崇拜，或许也享受着红了的眼眶？

坦诚说，我对他有着深深的偏见，亦或是厌恶？或许是同情心，或许是精神洁癖，更或许是，我明白，他和我是完全不一样，或许可称为完全对立的人，这让我完全憎恶他，来自于下意识甚至生理。人是趋利避害的生物，也更是排斥异端的生物，即使我与他毫无利害关系，毫不熟悉，但我憎恶他。

即使我从来不显露这一点，即使我知道，这毫无意义。但这发乎本心。因为我不能理解他。一点一滴都不可以，他之于我，即使同有着人类的躯壳，但不是同类。一个人如何能够这样虚荣、恋群、没有羞耻之心，也毫无责任感？或许我犯了「骄傲」之罪，来欲审判于他，但他是这样的，他是这样的。我觉得愤怒耻辱，只因我目睹了这样的形状，而无能为力。

但我今夜看见他流泪了，唱着我觉得他玷辱过的歌，是因为后悔没有抓紧某个女孩的手吗？还是因为他也察觉出这样生活的荒谬？还是因为深夜里再没有旁人簇拥、没有崇拜眼光，真正的自我跳脱出来为自己洒下些遗憾？

我不知道。

我不想问。我不能问。

我终将永远不知道。

而我突然觉得对于他有了那么点点温度，是通过一滴眼泪发现我们都还是内心里有柔软处的人类吗？还是牵强附会情怀泛滥？我不知道。我不知道。

而我开始觉得尴尬，或许是，这点点温度，莫名其妙地让我和他有了联系。而不能再让我坐视这一切，带着埋藏的愤怒、耻辱，冷冷地，旁观地。

天亮之后，包厢里的人各自走散。D恢复往日神采，依旧是那副夸张的表情动作，毫无疑问，让我反感。

我再没有和这一群人去过 KTV，因我是软弱的。

理解之为不可能几乎注定，而人总会被命运玩弄，妄图彼此理解，而有所挣脱，而加重自身不可承受之重，同为原罪之一。

◇ 老歌也有回魂夜

当男生们勾肩搭背，坐在 KTV 沙发上，必然要先唱「朋友一生一起走，那些日子不再有」的《朋友》，还不尽兴，再要来一首「把握生命里每一次感动，和心爱的朋友热情相拥，让真心的话，和开心的泪，在你我的心里流动」的《真心英雄》。

这是他们的兄弟情谊。

正如彼时的白衣少年，现在的中年 uncle 一样，他们曾经在青春年少却分离时，流着泪唱过这些歌，重聚时挺着啤酒肚，带着志得意满或中年失意，重新又搂在一起唱这些老歌。这些与我同龄的彼时的年轻人，中年时若有机缘相聚，仍是会唱这些永远年轻的老歌。

友谊地久天长。这是另一首更老的歌。

于是每次坐在旁边看着他们笑闹成一团，哄抢着话筒你一句、我一句地唱着，我都不免想象他们变作中年样子。岁月注定让人成长，每个人都必须承担起生活的重量，不知道他们的笑容会不会变得沧桑，唱起同样的歌，或许也会各怀难言的心事；世事艰难，人心险恶，总有一天，他们唱起同样的歌，却再也不能天真地以为友谊无价不会遭到背叛，有梦想便终究会成功？

大概是曾经看张彻电影入迷，狄龙、姜大卫两人俱是少年风流，肝胆相照，让人心驰神往，总不免是风流俱堕，《新独臂刀》里太湖之约空许，每每如此，不免心中也有些晦暗。

而一脸灿烂，唱着彼此情谊的他们，太让人嫉妒。

自然也会顺势唱起罗大佑的《光阴的故事》，「春天的花开，秋天的风，以及冬天的落阳……流水它带走光阴的故事改变了我们，就在那多愁善感而初次回忆的青春」，也会唱起「我们就这样，各自奔天涯」的《那些花儿》，也会唱起老狼的《睡在我上铺的兄弟》，「睡在我上铺的兄弟，睡在我寂寞的回忆，你曾分给我手里的香烟，却猜不透我手里的硬币」。

如同时光倒流二十年。

白衣飘飘的年代，散落在时代的大风中。或许现在不是个纯真的年代，但每当听见他们有着不同往日的认真，唱起那时的歌，会觉得是一种「春天，十个海子全部复活」的感觉。

只是现在再没有那样的歌了，这让我悲哀。或许，「诗人死了」，或许是一个真正伟大的预言。而值得庆幸的是，尚且余有童真的灵魂，总会被纯真时代的幽灵所感召，白衣飘飘的少年，也可在穿着JACK & JONES或者A&F的少年身上，有那么一刻借尸还魂。

他们也唱伤情歌，老男人阅尽千帆后写的那种。免不了的李宗盛，「我问你见过思念放过谁呢，不管你是累犯或是从无前科」；免不了的罗大佑，「或许明日太阳西下倦鸟已归时，你将已经踏上旧时的归途」。他们闷着嗓子，一起吼「越过山丘，虽然已白了头，喋喋不休，时不我予的哀愁」，与之对比鲜明的是，头发仍旧俱是乌黑。

刚想嘲笑他们从未经历过沧桑，他们倒格外情真意切。各自唱的是各自尚浅的那点心事，A可能在心中想起自己高中错失的初恋，B可能回忆起刚刚的那场口角，C内疚自己又靠打游戏混过了一周……

但也或许这是个早熟的年代，阅历太少，习得的经验太多，而我们略加咀嚼，难以艰难地将它吞咽下去，必须靠温水送服，加以缓冲，所以我们如此需要太多情绪上的安慰，需要太多的宣泄。我们无力表达，怯于剖析自己，或许是害怕疼痛，或许是害怕拒绝，不如声东击西。

感谢KTV的暧昧，唱着同一支歌，我们以为心有灵犀，在寂寞难解时有人与你共鸣陪伴，但又唱着各怀的心事，泄露不出半分。如同抱团取暖的刺猬，很优雅，也很无力。

Pop Song，与情感教育

在从小到大的课本上，我们是从不缺乏情感教育的。

「国破山河在，城春草木深」，是爱国情感教育；「慈母手中线，游子身上衣」，是亲情情感教育；「莫愁前路无知己，天下谁人不识君」，则是友情情感教育。爱情，也有，不过是「庄生晓梦迷蝴蝶，望帝春心托杜鹃」的玄之又玄，或是「君当作磐石，妾当作蒲苇」的蒙昧神话。依我的经验来看，老师在解读这类课文时，大多语焉不详匆匆带过，虽然孔老夫子早说过：「诗三百，一言以蔽之，曰思无邪。」父母则是严防死守，生怕「游园惊梦」，而走上早恋的不归路。

爱情，作为情感教育的bug，只能靠第三条线路补完。

不幸的是，言情小说和偶像电视剧，则走向了另一个反面——意淫。邪魅狂狷帅气多金且专情的男主，和小白兔白莲花女主，只适合白日发梦，要不然是黑暗残酷青春双双挂掉让你掬一把伤心泪，在现实中，也没见过什么人当真。「我爱问连岳」等情感专栏和亦舒，要你成长为一个自食其力买得起白衬衫的小资才能够解锁，大概可以算作爱情情感教育的精英教育。

而流行音乐，有意无意之中，充当了这「第三条线路」，作为爱情的普及性基础教育，对情感教育进行了补完。

风花雪月、谈情说爱，是流行音乐自然的主题之一，当然也是最重要的主题。

就像千百年前，「凡有井水处，皆能歌柳词」，连同勾栏瓦肆，唱得最多的，多半是「多情自古伤离别，更那堪，冷落清秋节」，想来也不会是「忍把浮名，换了浅斟低唱」。相见欢，露华浓，爱别离，求不得，人人皆要享受承担，而借歌以咏兴，或是排遣。

流行音乐自然有着商品属性，以替人抒情爱之怀为主旨，再自然不过。却也不可忽略，之所以能充当爱情情感教育的蓝本，最关键的，是词人自身的言说。黯然销魂者，实则词人之感通于听者，词人之力不可没，而不同的词人，则像不同的老师，也有着不同的观点。简单粗暴地说，就像林夕教的是「谁能凭爱意要富士山私有」的自我纠缠后的舍得，黄伟文则说要有「等欣赏你被某君一刀插入你心，加点眼泪陪衬」的刚烈。

况且，它够普及。

流行歌曲，之所以谓之流行，是因为占领了大部分的听众。感谢商家永远会为你在吃饭购物时提供 BGM，也感谢无所不在的电视和广播，和人谈起《简爱》，不敢保证对方会熟悉简和罗贾斯特的缠绵情史，而不论有意无意，大部分人都伴着旋律，记住了「别留念，岁月中，我无意中的柔情万种」。

在冥冥之中，pop song 是我们爱情情感教育的「启蒙运动」。

在我们年纪还小的时候，听电视上的周杰伦，单眼皮很羞涩地唱「我想带你骑单车，我想和你看棒球，想这样没担忧，唱着歌，一直走」的《简单爱》，不同于哼哼哈嘿的《双截棍》

的面瘫，我们觉得这一点都不 cool。

但在初中的某一天，班上的女生开始流行起抄歌词。有专门的本子，各种颜色的笔，一丝不苟地摘抄从各处歌词截来的句子，配着涂鸦，在某一页上或许还有可疑的水渍和晕开的笔迹，两个女生鬼鬼祟祟地在课间传给彼此，但总会流传到全班每一个女生手中，再转一圈，才能物归原主。林夕的歌词总是占据了半壁江山，「有生之年狭路相逢终不能幸免，手心忽然长出纠缠的曲线，懂事之前，情动以后，长不过一天，留不住算不出流年」（《流年》），大概总最能触动懵懂的心房。

同桌的女孩子的本子格外地厚，上课时经常小声地和我说着她与喜欢的那个男生的点点滴滴，我很少能给出建设性意见，但由于耐心极大（其实是惯于走神），却仍被视为一个值得信赖的听众。有时下课时，站在窗台前，她会细细低声地说着，我或许又会走神，望着蓝天上白云缓缓滑过，负责提供问句，她更像是自言自语，有时说着说着眼泪就下来了，但说着又会笑起来。她习惯性地翻动着手中的本子，有时会小声哼唱其中的几段，细细的声线，声带微弱地颤抖。然后上课铃响，这时我反应总是极快，拽着还沉浸在自设气氛中的她回到座位。

那时阳光灿烂，正是有着无限可能性和大把闲暇的好时光，青春刚刚开始，人人保持着敏感的内心，而热爱折腾。我落后于大队人马好远，带着旁观般的冷漠。现在想起她，却总有几分不忍，并且羞愧。

当时也是 QQ 最流行的时候，大家的 QQ 签名总是挂着一句半句的歌词，空间日志里都是一句两句的歌词引发的伤春悲秋，回复里也总是关乎爱恨伤悲的歌词。大家其实都不太明白其中的意思，但天真地认为正和自己的感觉相符。「相聚离开，都有时候，没有什么会永垂不朽」没有人在乎，而「等到风景都看透，也许你会陪我，看细水长流」则被引用太滥，似乎上了高中能坚定地在一起，就是风景看透，就是细水长流。

「少年不知愁滋味」，而真处于少年期，怎么会没有愁呢。没经过大风大浪，放大了愁是真的，而几缕愁绪凝结在胸，不知道自己怎么表达排遣，化作百般积郁也是真的。身边的人，大部分陷入单恋，小部分热恋随即失恋，或是在心中抵死缠绵，或是负气斗狠。少年情怀总是诗，在这个时代，我们没有诗，但我们有歌词，「天凉好个秋」无人道矣，但总有一句「爱情来的太快就像龙卷风」。

转眼是一字过去，二字打头的年纪，听林宥嘉的《心有林夕》，「多想有个林夕躲在心中描述，感情的起伏和不想掩饰的痛苦，感谢有个林夕在心中陪我哭」，突然有些凄惶。

好几手的消息，听说有些初中同学，早早工作，已经结婚了，在小城过上了平淡幸福的日子。而在分合以光速计算的大学，鸡飞狗跳排列组合见得太多，没什么人有时间有心情，需要耗费大量力气的暧昧、纠结、哭泣，大概自己作为观众都打不起兴趣欣赏。我再没有见过有一大厚本抄歌词的女生，而晚上躺在宿舍床上，总会听见从某人出手阔不阔绰，推测家庭情况从而精细打分的窃窃私语。虽然前者天真近乎愚蠢，而后者在各种意义上符合精明的标准，这时，我瞪住漆黑的天花板，怀念起那些年的 pop song 的爱情教育。

像黄伟文一样真

「今天淌血是我心即将痛在你心，身份对调发生，来让你一生最喜欢和珍惜那人，也摧毁你一生完全没半点恻隐，等欣赏你被某君一刀插入你心，加点眼泪陪衬。」

第一次听《你没有好结果》，如是这般决绝暴烈，大大刷新了我对粤语情歌的认识。向来听过的描写分手的歌，都是围着眼泪、原谅、哀怨、诉衷情，大抵总结一番，仍旧是红颜薄命天妒人恨命运不济，仍旧承袭着「旧缘该了难了，换满心哀，怎受得住，这头猜，那边怪，人言汇成愁海，辛酸难捱」的路数（《葬心》），不过是自怨自艾，还要添上一句「天给的苦，给的灾，都不怪」。突然听到「但求天会追究这男人，仍相信有场好戏命中已注定等你，报应日渐临近来清算你罪行」，求天是假，对Ex的恨意上升到天怒人怨是真，生猛如澳洲大龙虾，张牙舞爪。

黄伟文就算写起跌到尘埃里仰望的爱情，也带着同样的孤勇。自比为半张纸、空罐头的《垃圾》，自以为不怕被世界遗弃，但发现「喜欢你，有时还可怕。没法再做那些牵挂，比不上，在你手中火化」。飞蛾扑火一般，是明知无望仍对自己的残忍，才是真的残忍。

而在曲调甜蜜的《喜欢喜欢你》里，则将一场投入得不得了的单恋，直接解释作一个人的游戏，上帝不必理会；而操纵着单恋者喜怒哀乐的被爱慕者，在这场游戏中，看似大权在握，实则真正被动，因为单恋本就「像一种私家娱乐，动情原是我专利」，不过是「借点题材，逗自己的欢喜」。其实摆不脱有点自欺欺人，但骄傲得有些动人，清晰得有点忧伤。

他作词，从不是为了帮你舔舐感情伤口，而偏要把伤口血肉淋漓地撕给你看，却从不陷入纠缠不清自我困扰的境地，绝地里总突生出一种希望。如他在《苦瓜》里写道：「始时捱一些苦，栽种绝处的花，幸得艰辛的引路甜蜜，不致太寡」，也会记载下「前卫烈女」常常给偶像写信的老套执迷，却意外得到回信的真实童话：「人人都怕难怕倦，怕扑空。全球得我未死心，没有放松，专心得超级偶像，也动容。」（《奇洛李维斯回信》）

他照料的是都市化、后现代性的情感，因他也在这潮流之中成长生存。都市情感生存法则，从来是以强硬、自主为尊，而感情，注定了只会是现代生活的枝枝叶叶，不会是传统《牡丹亭》的「直教人生死相许」，更不是《浮生六记》的举案齐眉闲散生活，「情场如战场」，因而狭路相逢勇者胜，这才是颠扑不破的真理。

这不代表他心肠坚硬。他不擅长直白的情感关怀，但也会写下「成年人对小朋友的祝福」（黄耀明语）。《亲爱的玛嘉烈》，是刚上路的惨绿青年，他不免苛刻地观察到，「你比我没底线，行装更多，年资更浅，离家更是远」，感叹「竟可以支撑到目前」，但末了说出口的，是诚心的祝福，「诚心祝福你，捱得到，新天地」。

或许他也不会相信感同身受的存在，但黄伟文不知道的是，这句话激励了太多和「玛嘉烈」一样的年轻人，想要对他说声诚心的感谢。

只是更多时候，我们只想了解我们所想了解的。《浮夸》成为了人人皆知的名曲，那句「若你喜欢怪人，其实我很美」，人人也理直气壮地把这看作是他的私家名片。只有我一个人把这句话看作他对于自己的「真」不需告解的独家宣言吗？不是讨好，也不需讨好，不想改变，也不需改变，假如你欣赏我的「怪」，在你眼中的我便是美的。刚烈也好，决绝也罢，一向的自主也好，闪现的柔软也罢，从不是种姿态，而只不过是一个人的种种侧面，而他只是拒绝伪饰、拒绝做戏，也因为他本就如此。他自己说：「说我不聪明，没有问题，说我不诚实，有问题。」

他从未自限于都市爱情。黄伟文在词里写道：「生于乱世，有种责任。」（《艳光四射》）要做到对责任有所承担，责任感是一部分，感受力和承受力是另一部分。拜他的「真」所赐，他对于世情有着赤子敏锐的洞察力，更不缺乏见血封喉的勇气。

于是有对横流的物欲潮重新反思。「人值得，命中减少几秒，多买一只表」的《陀飞轮》。有安抚恐惧老街因重新开发失去本色的《喜帖街》：「筑得起，人应该接受，都有日倒下。其实没有一种安稳快乐，永远也不差。」

也有落足更小、视野更大的《燕尾蝶》，思考城市化的尺度，「摘去鲜花，然后种出大厦，层层叠叠进化，摩天都市大放烟花」，思考水泥森林中的趋同，「为免牺牲，情愿被同化，移徙到闹市，找一个家」，也思考人的异化，「力竭声沙，情怀承受不起风化」。

作为词人的境界写到了此处，对他还有什么更高的要求呢？于是我们可以释然接受他这句最真心的真心话：「最憎写词，最锺意买衫。」

伟文，与伟文

在香港乐坛，一直有「两个伟文」之称。大家说，像一张专辑的AB碟一样，一面是哀怨缠绵的「林夕」（本名是梁伟文），另一面则是刚烈率勇的黄伟文。

这说法妥不妥当，先是不表，这么风格分裂的专辑存不存在另说，此刻先姑且顺着这一说法，大家一致同意：两位伟文的风格天差地别。而把他们两位拿出来讨论，也是自然嘛，这两位都为华语乐坛贡献了如此多的佳作，况且大家素来，是喜欢看「红玫瑰」与「白玫瑰」的戏码的。祖师奶奶说，每个男人（或者女人）或许希望自己至少有这样两个女子（男子），虽然我们作为广大loser，可以遥望以后几十年的人生，注定既没有「蚊子血」，也没有「朱砂痣」。但我们不哭，学了宝玉哥哥那「天分中生成一段痴情」的意淫，梁伟文与黄伟文、林黛玉与薛宝钗、赵灵儿与林月如，都是我们的「白玫瑰」，都是我们的「红玫瑰」，取哪个、舍哪个，是夜夜梦魂里萦绕的，是需要占明立场撰写雄文辩诘的。

为了以示区分，姑且称林夕（梁伟文）的粉丝是「梁粉」，那么，也称黄伟文的粉丝为「黄粉」。在文青遍地的年代，大家心照不宣地认为，你爱什么，你就是什么。在「梁粉」心中，自个儿是「为你把红豆，熬成缠绵的伤口」的柔顺多情女子；在「黄粉」心中，自己是「挽你的手臂彻夜逃避，漫天烽火失散在同年代中，仍可同生共死」的烈性浪漫女子。你是水，她是火，网络空间不大，两厢睚眦口舌难免，彼此在心里看不过眼，简直是一定的。

作为一个潜水的看客，既爱黄，也爱梁，默默骑着墙不敢声张，没什么主张。隔着冰冷的液晶荧幕，觉得阵阵寂寞，没勇气一个人活成一个队伍，大言不惭地假设也有人和我在同一个队伍里，姑且寻个歪名，自称为「黄粱党」，此处应有陈升唱腔乱入。黄粱一梦二十年是假，看过了黄与梁那么多的歌词，不懂爱也不懂情才是真。

两个伟文的歌词事业在原有很大的基础上，都越发做大是真；「黄粉」、「梁粉」抛下了网络上的爱恨情仇，去过自己的生活也是真；剩下正在人生最清闲的四年晃荡的我继续晃荡，苦苦逼问着自己，到底是更爱黄，还是更爱梁。答案尚且在风中飘荡，鸡贼学以及小清新，款款地欲抛过橄榄枝，说，在这样明媚的四月天里，我们应该左手年华，右手倒影；左手林徽因，右手陆小曼；以及，左手林夕，右手黄伟文。

感谢现在还没出现《左手林夕，右手黄伟文》这样的的流行书，不然黄粉、梁粉、黄粱粉一致都要跳脚，形成空前的战时统一同盟。想想有生之年，怕是不得见，却也遗憾。大凡畅销书的规律是，过去的陈腐，现在的无聊，不远不近的朦朦胧胧，美得惊心动魄；正如现在一谈起民国，鸡飞狗跳都是爱恨缠绵，乱世苟且都是倾城爱恋。现在的现在太近，可以看得到脸上的毛孔，要等待时间的珍酿酝酿，到我等百年后，重新被挖掘出土，变成值得咏叹的传奇，被某个心里有伤脸上带泪的女子，感动到无以复加地重新讲述：「在百年之前的港岛，有两位词人，他们个性不同，却都是那样的传奇，我感动感动感动感动（以下省略十几万字）」。

被印成铅字，码成厚厚的一垛在橱窗里，封面桃红柳绿一片，落寞而灿烂地盛开着（假设那时纸质书仍坚挺住了），实在……勉强描述的话，是不忍直视。

一想到在我有生之年，可以不用正视这般淋漓的鲜血，直面这般惨淡的人生，也不算不是一桩幸事。

只是我国腐女，作为格外强大的有生力量，一定会生生不息，格外热爱相亲相爱的戏码的优良传统，自然也会薪尽火传。到那时，或许总有作为后来者的妹子的脑洞，开得更加剧烈，或许在九泉之下，仍得瞻仰一篇叫做《伟文与伟文》的狗血同人文，题名注明向亦舒师太的《家明与玫瑰》致敬，情节荡气回肠大开大合，虐身虐心。怕是我到时虽然肉身不存，仍忍不住一口血喷出，化为一缕幽魂，幽幽浮现于荧幕上，质问作者怎好生心情，作者惊诧，听得她一声惨叫：「一切都是为了爱啊！」

第五章

想象雨地

地图上遥远的距离，因着新交通的发达，被无限地拉近，于是「天南到海北，不过是一抬脚的距离」。生活在别处不再是痴心妄想，假如你有一点旅资，况且天真地把自拍构成的X日游（或者更长），当作切实可靠地贴近这个地方的唯一方式。

香港，或是台湾的文化，来自于音像伴随着我们长大，是「最熟悉的陌生人」；而在X日游的盛行之下，似乎更印证了香港是购物天堂文化沙漠，而台湾则是属于五月天的台湾，是文艺情怀和少女情调泛滥的小清新之岛。这一切让人无能为力，但我想说「不」，这么说诚然是带着与潮流对抗的负气斗狠，但更多的是以这些年来积蓄在心中的所谓热爱、所谓虔诚的名义。

于是在这一章里，记下那个我最初通过书籍、音像管窥蠡测看到有李碧华、黄碧云、麦兜、My little airport 的多元化鲜活的香港，也记下那个纸上留有前身的不清新的「美丽岛」。

香港篇（一） 从麦兜，看「我城」

算自我解嘲吧，我们是在香港文化「霸权」[1]下成长的一代。

不比如今，在我们还小的时候，打开电视，上至国家台下至地级台的影视频道，放的总是赌侠打扮叼着烟的周润发、发出经典无厘头笑声的周星驰、辫子马褂使出一套「佛山无影脚」的李连杰；徐克、吴宇森、王家卫是我们最熟悉的导演。省级电视台的电视剧时段，放得最多的刑侦或古装电视剧，例如《刑事侦缉档案》系列和《醉打金枝》，都来自于 TVB 或亚视，而不是现在的泰剧、韩剧当家；最受欢迎的偶像大部分都是「香港制造」，吴彦祖、谢霆锋的海报占领了太多女生的卧室墙壁。

长大后的我们，也许正是因为如此，对香港文化或多或少，始终带有一种亲近感。正如我身边仍有人在美剧大行其道时，从不厌倦地在网上一集一集地追看 TVB 新出的剧集；而在二〇〇三年四月一日之后，「后荣迷」的阵营也不断有我的同龄人加入扩大，同样不减分量地痴迷。

情不知所起，一往而深。而喜欢这座城市，其实也不必要找出可以说服自己的缘由。

自然，这些年来，会无数次被人有意无意地告知，香港只有水泥森林，没有文化，是座文化沙漠。一个号称热爱香港文化的人，多半只是娱乐产业的低级恋物症患者，耽于没有灵魂的产品，值得他们嗤之以鼻。

这自然是一种过分骄傲的文化沙文主义，但他们仍可以举出《一块红布》，举出《蓝风筝》，举出《舒克与贝塔》，颇为自得。而现在，再没有人主动相较，流露出这样的骄傲，因为现在的大陆，只有无数的口水歌，只有无数的商业烂片，只有《喜羊羊和灰太狼》。我们不但已经早已走过了以情怀取胜的年代，在文化产业同样进入了大面积商业化的阵营之后，大部分产品，在质量上，甚至智商上，都难以让人挺直脊梁。

麦兜依旧坚挺，真好。

◇

虽然在大陆电影院第一次公映的，是二〇〇六年的《春田花花同学会》，离第一部《麦兜故事》，已经是五年的时间，但要感谢乐于把这一系列当做普通儿童动画片，在暑期里循环播放的少儿电视台，「麦兜」这个名字，和斜戴着棒球帽的小猪形象，已经具有了极高的辨

---

1 霸权：「文化霸权」实际是指两者之间对文化控制权的争夺，但这是在专业体系而言；在高中教科书构成的话语体系中，则是指行王霸之道垄断话语权的意思。此处用的是后者的意思，带有调侃的意味。

识率。粉红色憨憨的小猪，连同春田花花幼儿园里其他动物小朋友的形象，被印在各种各样的儿童文具上，稚气可爱，用来吸引现实中小朋友的目光。

父母们太过匆忙，他们没有时间真正陪着孩子，坐下来一起仔细看麦兜的情节。他们眼中的麦兜，和樱桃小丸子、多啦A梦并没有太大的区别，不过是用来让孩子端坐在电视机前，让他们有难得清闲的工具。况且，曾经根深蒂固的观念是，只要是动画片，就肯定是幼稚无脑的，作为一个成熟的成年人，必须与之划清界线。

而我也只是在不久前，借着补完二〇一四年《麦兜·我和我妈妈》的东风，才第一次把麦兜系列从头到尾细细看了一遍，却是五味掺杂。

第一次走上大银幕的麦兜，是九龙大角咀猪样小朋友麦兜，在单亲妈妈麦太的抚养下长大，一路从幼儿园，到中学，再到长大成人。麦兜「死蠢」，但总会有梦想；麦太最大的心愿，是麦兜快乐地成长。在漫长的成长中，总有着无数的希望，也总会慢慢破灭，仍旧是平凡地生活下去，麦兜没有成为梁朝伟，也没有通过自己刻苦练习的抢包山，像李丽珊那样成为奥运冠军。

但仍旧是温馨的。麦太努力学着用英文给奥组委写信，请求把抢包山列为奥运项目，因为她的儿子在刻苦练习。她也会满足麦兜去马尔代夫旅游的愿望，带着他坐缆车在香港郊游，晨去暮归，一日游最为划算省钱，不忘在缆车总站的牌子上贴上「香港机场」，仍旧让麦兜开心了好久。

小朋友麦兜也不相信抢包山会成为奥运项目，他说：「我会努力练习抢包山，因为，我爱我妈妈。」在他长大之后，也会发现「马尔代夫」不过是香港的一个热带公园，但这有什么关系呢？

就像大朋友麦兜说：「火鸡的味道，在将要吃和吃第一口之间，已经是最高峰了，后来，只是开始吃了也就吃下去了。」这个世界上，原来有些东西，没有就是没有，不行，就是不行，每个人都不会轻易实现梦想。但实现梦想就像吃火鸡的第一口，其实也并不是最高峰，而最高峰的，其实是普普通通的快乐和温馨。

在自己的婚礼上，在麦太被火化的那天，大朋友麦兜都闻到了火鸡的味道。再后来，他成了负资产一族，但他想，「只要海水打在脚瓜上的感觉很好，就可让自己快乐起来」。这是麦兜的处世哲学，和我们通过其他方式了解到的香港的草根精神互相映照，乐天知命，也自强拚搏。

这是最初的《麦兜故事》，是草根的，更是香港的。麦兜念叨着的鱼丸、抢包山的地域特色运动、幼儿园园长的一口潮汕话、麦太随口而出的粤语金句，再到那一句「垃圾股果然会让人跳楼」，是无处不有的香港元素，也是彼时彼刻刚刚逃出那场世纪末金融危机的香港人的心情写照。《麦兜故事》紧贴着香港的社会脉搏跳动，看上去像是童话故事，但或许更深的，是草根式的自嘲，是笑中带泪的自我审视，是「麦兜这一代」香港人的成长备忘录。

其实，看不懂麦兜的小朋友，最快乐。只要麦兜、阿June、园长、Miss Chan一起出现，他们就会笑得前仰后合。而当我们开始看懂麦兜，只能说明我们和麦兜一样，成为了大朋友，面对了「这个硬邦邦，未必可以做梦未必那么好笑的世界」。

只是大朋友们，都不一定会看懂《麦兜菠萝油王子》，这一部由创作出麦兜的谢立文和麦家碧夫妇自任编剧，而故事的主角不再是麦兜自己，而是他从未谋面的老豆麦炳。这个故事以麦太省略过程的讲故事手法开头：「从前有一个小朋友……有一日，佢变咗做个懵佬。」

麦炳本是菠萝油国的王子，意外沦落到小码头，但由于自己的笨，再也回不去菠萝油国，在市井中做起了伙夫，认识了练武卖艺的玉莲——后来的麦太。他或许本想算了吧，就这样平静地度过一生，仍止不住地抖着腿让「生活过得实在一点」，忍不住偷偷写下《菠萝油王子》，在结婚的那天抛下玉莲，只留下这部书稿，戴着假王冠，去寻找自己的复国梦想。

玉莲，也就是后来的麦太，一人干着几份工，生活艰辛，独自拉扯着麦兜长大。支撑她的是幻想，是麦兜总有一天能够成才不辜负自己的期望，而自己总会有一天，可以埋在对着海的墓地里，轻轻松松吹着海风抖着腿。

在记述二十年前麦炳和玉莲的青春岁月时，银幕上出现了黑白镜头记录下的那时真实的香港——年轻的女工在工厂里辛勤地劳作，香江之上有画舫停泊，「欧家全」等老香港记忆也不断出现，在其时染上了粤语残片怀旧的光晕，时光开始向前倒转。

往事并不如烟，画面的色调不再是童话故事糖果色的鲜亮，带着冲刷褪色的晦暗，叙述的河流仍然平坦向前流动，用睡前故事般的语气，轻轻将不可承受的沉重消解。

◇

这一切让人不可避免地想起西西的《我城》。麦兜，和《我城》中的麦快乐，或许因为姓的相同，总让我产生联想。更多的是因为，两者都用简简单单却又带小幽默的语气的叙述，贯穿了电影或是小说。「父亲」的缺位，是麦兜，也是《我城》的故事，注定逃避不了的开头，正如这座城市的过去一样。虽然这两者，都是虚拟的人物，他们都栩栩如生地生活在映照自某段成为了历史的「我城」之中，却也都以市井小民式的童话故事的口吻娓娓道来，轻松幽默之下，是有些无奈的迷茫，也是忍不住的社会关怀。

西西书中那句「天佑我城」，《菠萝油王子》结尾处的「百分百香港制造」的字幕，以及不论是麦炳头上的菠萝油王冠，还是《我城》中吃掉了小孩手指的菠萝，种种或明显、或隐晦的意象都确凿无疑地指向这座狮子山下的城市。它的过去不可改变，并且溶解其中，铸就成了它的现在，不可抹去，于是骄傲地宣称，「我城」仅仅只能是这一城，不可是这世界上其他任何的城。

终究画舫焚毁，巨大的「拆」字出现在城市的各个角落，在春田花花幼儿园，也在麦兜和麦太的家。麦兜像父亲一样无时不在抖腿，让麦太担心他会走上父亲的老路而带他去看医生。而麦兜说：「当我不太想走动，但又不想愣在那儿时，我就会抖腿。就像蹲着那样，不想坐在那儿，但又不想呆站着，有的人就会蹲着。」他不像麦炳那样因为努力在平静的生活表面下，掩藏着深深的不满和焦虑，利用抖腿发泄；他抖腿，因为这个世界上所有的树上的叶子、地下的果子、枯叶、花瓣……甚至蝴蝶翅膀上一粒粒阳光、一粒粒影子，都无时无刻不在抖动，他也忍不住跟着抖动。「其实，我没有哪儿想去，我只不过好喜欢现在这样子。」

「爸爸响过去，唔知边度；妈妈睇住将来，唔知边度，得番我一个，留响而家。」[2] 麦炳一去不复还，麦太因为金融危机，卖掉了自己预订的墓地。长大后的麦兜，依靠抖腿的天赋，成为了音乐史上第一个用抖腿指挥的指挥家，穿上燕尾服，和马友友同台。整部电影，有了一个格外光明（虽然明显荒诞）的结局。

这是一部勾连起香港过去、现在和未来的童话。

《我城》对这三者同样有着思考。西西借用阿发的老师之口说：「目前的世界不好。我们让你们到世界上来，没有为你们建造起一个理想的生活环境，实在很惭愧。但我们没有办法，因为我们的能力有限，又或者我们懒惰，除了抱歉，没有办法。我们很惭愧，但你们不必灰心难过；你们既然来了，看见了，知道了，而且你们年轻，你们可以依你们的理想来创造美丽的新世界。」

终究要如何创造出「美丽的新世界」？《我城》更多的是祝愿，《菠萝油王子》是外在

---

2 编者注：爸爸留恋过去，不知在哪里，妈妈向往未来，也不知道在哪里，只留下我一个人关心现在。

更为商业通俗、内里矛盾更加尖锐的逼问。夹在沉迷过去的麦炳、幻想未来的麦太之间的麦兜，懵懵懂懂，「傻」到脑容量只能被现在塞满，却对生活的每一刻都不曾丧失敏锐的感受；遗传自父母从未停止抖动的腿，没有妨碍他站在「现在」坚实的土壤上，走出一条不一般的光明的道路。这或许是谢立文和麦家碧给出的答案——唯有把握当下，热爱生命，乐天知足，才能永不丧失勇气和信念，一往无前，创造出一个真正的「美丽新世界」。这是「麦兜」精神，这也正是「我城」草根精神中最闪亮的蓬勃生机所在。

◇

香港作为亚洲电影工厂，商业电影的运作模式和类型，多年来已经近乎完善，「麦兜」系列仍然逃脱不出商业电影的藩篱。《春田花花幼儿园》里出现的「超女」，《麦兜响当当》里的北上学拳，再到《麦兜·我和我妈妈》里傻麦兜长大后成为了绝顶聪明的神探波比的励志，故事发生的背景、情节逐渐与时下热门拉近，更多是商业元素的考量，我们也并无理由苛责，只是港味变淡，是不得不承受的副作用。

虽然必须承认，穿着 Burberry 风衣在异国街头扮酷的麦兜，更加闪闪发亮，或许已经冲出小小的「我城」、冲出亚洲，成为国际巨星；但总觉得，没有太平山下——马尔代夫一日游时傻傻的兴高采烈，来得动人。

揾食不易，是挖掘草根精神还是讨好大部分正是草根的观众，是在以小朋友为主要市场的动画片的商业外壳下，包裹着见缝插针的深思金句，不显山露水地保留着骨子里的诗意，需要耗费更大的心力，在更多时候，只会吃力不讨好，却正是「麦兜」系列所不放弃在电影中夹带的「私货」。当《菠萝油王子》结尾处，幻想中的麦炳，和麦太、麦兜一家三口站在麦太选定墓地旁的悬崖上，一齐望着海，静静打出来的字幕，让我们大吃一惊，是那个死于遥远北方山海关的诗人的诗：「面朝大海春暖花开。从明天起，做一个幸福的人。从明天起，关心粮食和蔬菜。从明天起，和每一个亲人通信。那幸福的闪电告诉我的，我将告诉每一个人。」

就像这些年来，我们慢慢读懂的香港——既有英皇、邵氏这样大娱乐家，也有进念二十面体、人山人海的特立独行；既有中环的商业精英行色匆匆，也有二楼书店的坚守；既有《我爱HK》的小市民合家欢，也有「念念不忘，必有回响」的王家卫。与其说是包容式的文化大熔炉，却不如说是默许两极共存，彼此都有着向极致发展的空间的试炼场。「我城」最大的魅力，归根到底，不是因「我」生于斯长于斯的地域归属感或狂热的群体认同，而是不同的「我」，都能在这座城市中，在选择自己想要的生活方式的同时，像普普通通的居民那样自处，或是他处。而这选择本身，往往也剥离开了任何追求崇高或独特的荒谬理由，只为欢喜，只为本心，像只因为喜欢抖腿而抖腿的小猪一样，纯粹而快乐。

「只有在香港你还做诗人的话，你才是真正的诗人。」诗人北岛在此写下。

香港篇（二）　从安妮宝贝，到黄碧云

曾经，我有个朋友，她声称只热爱阅读卡尔维诺（Italo Calvino）和博尔赫斯（Jorge Luis Borges），聊天时，提到马奎斯（Gabriel García Márquez），冷哼一声，提到莫言，则直接翻了翻白眼。

在那时，我永远把卡尔维诺和卡布奇诺两者弄混，她已经捧着厚厚的《玫瑰的名字》（Il nome della rosa），在读艾柯（Umberto Eco）和萨特（Jean-Paul Sartre）。作为一个蹩脚的阅读者，我对她十分崇拜，当然，也有几分小小的嫉妒。

当然忍不住想去看看她写的东西，我抱着学习钻研的精神，点开了她的博客，从最新的一篇日志，一一往前翻。读着读着，倒觉得她的文字，似乎和她的阅读，并不是一种风格，细碎又柔软。无聊如我，翻到了她日志的最旧的半年，此君用一种深情回忆的方式，谈论她阅读过的安妮宝贝和郭敬明。唔，我着实吃惊了一下，这可是个对马奎斯都难得青眼，号称自己阅读高级严肃文学的人呀。

在某日，这位又谈起我国亟待振兴的严肃文学时，我有点狡诈地抛出一句：「你原来不是挺喜欢安妮宝贝和郭敬明的吗？」此君愣住了一下，向我翻了个惯用的白眼，朝我抛过来一句：「你难道十三四岁的时候没看过她们的书吗？」

我被气势镇住，惭愧地回想了一下，确实……是看过的。

那时的同桌女生，狂热地追看郭敬明正在连载的《悲伤逆流成河》，趴在桌面上看她那本边都毛糙了的《幻城》，猛然抬起头，泪眼婆娑地看我，我自然吓了一跳，问她怎么了，回道：樱空释对卡索的兄弟情谊，太让她感动了。后来，她又迷上了安妮宝贝，这次比之前更加痴迷，下课时硬把《告别薇安》塞给我，在她殷切找到同路人的眼神的期许下，我断断续续地把书看完了。找到个机会，把书还给她，她眼光闪闪，问：「你有什么感觉？」我迟疑了半天，决定实言相告：「似乎……呃……不是我那杯茶。」「你不觉得特别忧伤吗？」「那个……还好。」她一把把书夺过去，上下扫了我几遍，眼神里充满了不可置信和……怜悯（这家伙用功过度把脑子弄坏了吧），哼了一声，自个看去了，多半觉得我感情缺失，和我冷战了半天。

本着坦白从宽的原则，我对她如此交代道：以及顺带交代了，我挺喜欢那时披着畅销青春外衣的七堇年，曾经也摘抄了一大本《被窝是青春的坟墓》，《鬼吹灯》全集厚厚六册，也被我翻烂过。她满意地一笑，就此互相放过。

其实没得选择。小城市的书店里，放得最显眼、封面最好看的，都是安妮宝贝的书，要不你就得读那些青少年版的名著去。说是青少年版，其实就是掐掉了一切高潮，把所有生动幽默变成干巴巴的缩写。况且，青春总是明媚且忧伤的，总是需要一些多愁善感的文字帮助排遣；《少年维特的烦恼》太远，本国的安妮宝贝，毕竟更能熨烫青春少女想要成长、想要漂泊的心灵。

◇

那时候大部分人还没有发现，那个叫「豆瓣」的所谓文艺青年聚集地的网站。我认识的忧伤少女们，大多挂挂QQ，不断更新QQ签名，有文字欲的开了博客，也没招揽到多少看客。她们发现豆瓣时，一定欣喜若狂，就像我那个同桌的女生，找到了年级里其他几个热爱安妮宝贝的女生，急不可待地彼此谈起书中主角时一样。（安妮宝贝毕竟比郭敬明要历史悠久）

在豆瓣小组上，各家粉丝初遇同道，自然是无比欢喜，谈作者谈角色谈情节谈八卦以至人生理想血型星座，当这一切都抖落一空时，她们共同发现了另一座富裕尚且未被开采的金矿——黄碧云。

自然，把女作家拿来相互比较，是作为读者免不了的恶俗趣味。但师法痕迹总是有的，或是穿凿附会，或是遮遮掩掩下可以一眼望穿，或是直言不讳地此处致敬，总能从中影影绰绰，看得还算分明。

况且黄碧云身在遥远的港岛，自然戴上了一层神秘的光晕。江湖传说，她当过记者，做过实打实的刑事律师，一直在世界各地甚至战火中流浪；在履历上，比窝在卧室冥思苦想、出身小城的作者，要「高大上」得诱人。少女们原先也算看遍了残酷青春、灰色情感，仍是要被黄碧云的文字震住。她会细致地描写拖动尸体的细节，残酷决绝直至零度，阅读时是无可比拟从未体验过的感官战栗：「此时几个穿制服的黑人男子匆匆进来，随手扯着细细的发，另一个迅速将她拖进一个大黑袋之中。然后着力一索，便拉着出去了。下楼梯的时候，我听到细细的头，碰碰地撞着每一级楼梯。」（《呕吐》）；而《失城》的精神错乱、《桃花红》的种种不伦，都是未曾在畅销书上阅读到的种种禁忌，赤裸裸的罪恶，有种妖艳的美丽，对于她们仍旧单纯的灵魂而言。

在本岛，黄碧云也不算畅销作家。她自己说：「由我第一本书开始，卖二千本，到第六本书，还是二千本。」互联网时代是个奇妙的时代，或许正因为她的小众，在网际之间，引来了更多的追捧者，和更热情的探讨；正如「长尾理论」[1]所说的那样，冷门也会有出头天。她的作品虽然从未在大陆发行，但网络时代，总有爱好者乐于分享，不乏正心诚意的手工录入精校版TXT，很快又流传更广，而对于她繁体正版书的购买，或是去香港购买，或是淘宝代购，向来也是讨论不尽的话题。各家粉丝向来喜欢喋喋不休地互相攻讦，在这个问题上大体却达成了「同」，毕竟「人人都爱黄碧云」，虽然骨子里总存着「异」。

黄碧云的难读，是达成的共识之一；而这或许也是她故意为之，设置的门槛。惭愧地说，我从来没有真正读懂黄碧云的小说或散文，吸引我的，不过是最表层的、精炼有着「白话」韵味的短句，晦涩却独特的节奏感。

出乎我意料之外，却于我最大的意义，是打开了一扇「后窗」来看香港。

◇

生于一九九四年，九七香港回归时年纪太小，尚无记忆。一九九九年澳门回归时电视机里大阵仗的连日宣传、连篇累牍的采访、不时播放的《七子之歌》，仍记得我和一起玩耍的小朋友都会像模像样地学唱：「你可知 Macau 不是我真姓？我离开你太久了，母亲！」稍早回归的香港，也在电视上被反复提及。我们记住了「洋紫荆」和「莲花」分别象征这两个特区，模模糊糊想着邓小平爷爷说的「一国两制」是什么意思，不久后我们上了小学，语文课本告诉我们，那两座以花代表的特区，曾经有着被殖民的百年屈辱，如今回到了祖国怀抱，像祖国的所有的山河一样美丽；《东方明珠》和《七子之歌》，则总在合唱比赛中当做指定曲目，使我们被老师带领着一遍遍地用稚嫩的声音跟着磁带机练习。童年记忆到如今的影响，仍弥足深远，以己推人，我想，大部分同龄人，也对于这座城市，有着这回忆连带的温情想象。

来自香港的时装电影、电视剧给我们的印象，则是略显割裂的另一面——是衣着光鲜、生活方式前卫，让坐在电视机前或艳羡或目瞪的时髦地界，也是有着古惑仔和赌侠潜伏出没，

---

1 长尾理论：简单来说，这个理论是指若把需求不大或销情欠佳的商品所占的市场份额加总，仍有可能与少数畅销商品的市场匹敌，甚至获得超越畅销商品的盈利。

让小男生们热血沸腾的现代江湖——一座摩登而复杂的都市。

无论是这两面中的哪一面，香港对于我们来说，其实总是作为遥远的另一个世界来看待，似乎只存在于书影之间二维的世界之中，和我们真实生活的世界，并不存在于同一个维度，因而潜意识中，试图「理解」从来是不必要的；虽然大部分大陆人，对它总有着好奇和想象，不乏有因一些人或物，对它痴迷喜爱者，也自然有火不知从何处起的反感者，但当他们谈论「香港」时，和那座真实存在的城市，有着天壤之别。正如大部分人若身在香港，谈论「大陆」时，也是如此。

而黄碧云写香港，终究是站在港人的身份上。虽然在黄碧云的小说里，香港从来不是目的地，正如她选择在世界各地漂流的经历，香港却始终是绕不开的结，是最初的起点，也是最后的终点。

黄碧云打开的这扇「后窗」，不同于主流叙述的简单化，是来自文学赋予我们的对于「身份」的体验。《失城》里，「中英谈判触礁，港元急剧下泻，市民到超级市场抢购粮食」，陈路远被当时尚为女友的赵眉的哭诉打动，匆忙移民至加拿大，成婚、生子，异国为生艰难，孤单冷清，赵眉越发郁郁寡欢，一家子又辗转返回香港，赵眉精神仍旧每况愈下，陈路远逐渐也负荷不了，终有一日酿成杀妻杀子的惨剧；而另一条叙述路径，则是作为香港殖民地总督察参审此案的伊云思，从爱尔兰来时他仍是眼底带绿的青年，现在则日渐感到自己的衰老无力、地位下坠，正如英国人的势力在香港日渐衰落一样。罪犯和督察的身份对立，但两人彼此心生亲近，用伊云思送进监狱给陈路远的唱片机，共同听完了半支韩德尔；他们都自觉失去了这城市，虽有着主动或是被动之分，因此却有着近乎惺惺相惜的彼此理解，近似荒谬但却动人。

《失城》写于「九七」之前，而在今天，「九七」也已经成为略微泛黄的历史记忆。而对于大部分大陆读者而言，对于或是从未经历过，或是近乎简单粗暴地理解「九七」的他们而言，是一次类似于角色扮演游戏的「补完」，于我亦是，虽然可以肯定，黄碧云从无把大陆读者当做接受对象的欲望或决心。理解是艰难的，作为大陆读者对它的解读，注定是有偏差的，就像她在《心经》中，尝试借由一个在大陆开设工厂的中年香港男人之口，写下对于南下打工女子的想象，作为大陆读者，难免会觉得有太多源自报章的生硬描摹和刻板印象，文字和腔调一如往日，却其实加深了水土不服的别扭。

《后殖民志》则是一部表达欲望更强、野心更大的作品。在这部书里，她寄身于英格兰，一路奔走，写印度、匈牙利、科索沃、塞尔维亚、古巴，硝烟纷飞或是贫穷缠身的第三世界国家，也兜兜转转写到香港，视角不再是小说的全能，而是从自我而发的直视，是历史的、女性的，也是游移的。「后殖民主义」从她早年热爱的法兰克福学派（Frankfurt School）而来，成为了她站定观察的维度和武器，也是安定自身的定位。她写道：「主义从来不只是主义。它是一种，生活的选择。」然而这部书所有貌似的野心，又最终都收回到她自己身上，与其说这是一部亲身以主义指导实践，在实践中践行主义的战斗手册，不如说这是她抛弃了惯有的以小说叙事虚拟的保护，把自己逼至和现实短兵相接的处境的直面之书，也是梳理往日自我告解之书，是大彻大悟跳脱轮回，而非纠缠往复——然后，她终于达到的「理智之年」，便缓缓降落。

《后殖民志》对我来说，仍旧太过难读，在所有她的书中，对我的意义却甚大，套句她自己的话来说，就是「哗，怎么可以这样写」，是另一种意义上的思想启蒙。就像九十年代很多人从畅销的《沉重的肉身》中，第一次了解了形而上的「伦理学」、「叙事学」，我则在其中，第一次发现我可以探究的理解世界的另一个维度——即使继续作为一个普通读者，也可以在情绪消费之外，用逻辑和体系来验证自己，或是重新发现世界。虽然在大多意义上，这只不过是个萌芽般的契机，并不能大包大揽地解释完全其后，却依旧对我而言，意义重大。

◇

冥冥之中，阴差阳错，意外读到的黄碧云，总让我联想起 Searching for Sugar Man 里的 Rodriguez。这个底特律音乐人在上世纪七十年代发行了两张专辑，销量实在惨淡，默默无闻地成了建筑工人。但在远隔千里的南非，那支名为 Sugar Man 的歌，充斥着关于糖之于白粉等等的绝妙的隐喻，在甘蔗和罂粟遍地的当地深受欢迎，他的专辑在地下大量流传，直至三十年后，依旧家喻户晓，可与神话般的 The Rolling Stones 比肩，而早已销声匿迹的他毫不知情。

他在平行世界里的成功，并不是这部纪录片所要呈现的重点，他本人对此也云淡风轻，被着重记录的是，他让南非的人们，借助他的歌，从所未有的看见了一些被忽视的现实，以及一些崭新的东西。这比一切都重要，正如片中那些听过他的歌，承认深深受其影响的人们所说的。如今成为社会中坚的他们，正用自己的力量改变南非社会。

这是「联接」的力量，从一个被扎破的孔，一路联接指引，最终指向一个更为广阔的世界。

于是纠结于讨论畅销如安妮宝贝、深刻（以致晦涩）小众如黄碧云，在作为阅读出身的问题上孰贵孰贱，并无意义。而大众文化的魅力恰恰在于，在对大多数人露出庸常那面的同时，会留下隐蔽的暗门，联接起更深刻更复杂的东西。就像Searching for Sugar Man告诉我们的，大众、小众，在平行的世界里总是互相转换，而最终走向的方向，只在于不论在大众中还是小众中，我们所选择的一个又一个的联接点，即是花园交叉的小径中的一个个路口，指引我们最终走到自己选定的方向的尽头，可能是更宽阔的新天地，也可能是头顶只剩下一块豆腐般大小青天的幽深枯井，路沉默无辜，而一切在你。

香港篇（三） 红磡：九四，〇四

一九九四年，对于中国摇滚来说，是具有纪念意义的一年。

当年十二月十七日晚上八时，窦唯、张楚、何勇以及作为嘉宾演出的唐朝乐队所参加的「摇滚中国乐势力」演唱会，在香港红磡体育馆上演。窦唯、张楚、何勇，后来成为了上个世纪末中国摇滚神话中不可替代的「魔岩三杰」；而这场在红磡的世纪集体亮相，成为了不断被重提、想象的传说。

这场演唱会不同于以往，大多香港人聚集到此，并不因为这些表演者的声名，实际上，在这之前观众大多也从未听过他们所唱的摇滚歌曲，抱着只为一睹来自北京新音乐的风采的想法来到现场。

观众无法带着任何预想前来，而当他们大脑空空，坐到座位上时，或许没有想象到，在接下来的演出中，他们会自发激动地站起。

这是一场朴素的演唱会，没有劲歌热舞，也没有潮衣靓衫，窦唯穿着西装，配一条牛仔裤，何勇脖子上胡乱系着一条红领巾似的带子，身上挂着一件宽松的海魂衫，也由他们自己或交叉报幕。

但这是一场注定被记住的演唱会。

窦唯专辑《黑梦》、张楚专辑《孤独的人是可耻的》、何勇专辑《垃圾场》，这三张在后来成为经典的专辑，在这一年的较早时候面世，同年崔健也发布了新专辑《红旗下的蛋》，这是中国摇滚乐佳作井喷式的一年。

这场年末的演唱会，记录下了他们对这些作品巅峰状态的现场演绎。

张楚两手搭在膝盖上，安静唱着「噢！姐姐，带我回家，牵着我的手，你不用害怕」，穿着格子衬衫，在万人的注目下保持着孤单和绝望。

冷色的灯光打在窦唯身上，他拍着带铃铛的手鼓，唱着《噢！乖》，冷静骄傲，身影颇有些单薄，气势镇住了全场。

以及在场上像个在雪地里撒野的孩子般来回跑动的何勇，他的脸上俱是热汗淋漓，肆无忌惮地冲全场大喊着《垃圾场》开场前的那句「香港的姑娘们，你们漂亮吗？」也要用尽气力，用北京人的方式问候全场：「吃~了~吗?」是大闹红磡的混世魔王。而在《钟鼓楼》前，他有些腼腆地介绍配乐席里，一位穿着老式长衫、端着三弦的气质安稳的老先生：「三弦儿的演奏——何玉生，我的父亲。」语气中带着淡淡的骄傲。

在笛声响起的时候，他高喊出：「笛子，窦唯！」

窦唯抚笛，不语，一阵清朗的笛声响彻红磡，有如月下吹笙的神仙中人。

以民乐入，以摇滚出。父子、朋友配合无双，这是最令人感动的一版《钟鼓楼》。摇滚乐是属于舞台的，在现场的感染力，更加来势汹涌。

从以后的文字、影像记载来看，当时台下的观众连同见惯大场面的媒体人以及保安，早已一起疯狂。红磡从无站着听演唱会的先例，尚且有所规定，但这阻止不了几乎是全体观众的决心，他们站起来，跟着台上的人一起挥舞双手，大声嘶吼，用身体跟着旋律摆动，跺地、跳跃，更有甚者跳到了椅子上，甩掉了上衣，发出长长的呐喊。

同样夹 band 的黄秋生，在现场更是激动，他几乎全场都站立着不停挥舞双手；而据说在场上的何勇演唱《垃圾场》的时候，他无法抑制心中激情，在场下一边狂奔，一边把衣服撕得稀烂。[1]

彼时流传入大陆正走红的，在香港红得发紫的「四大天王」，以及不久前发表了第一张，也是唯一一张国语专辑《明明不是天使》的黄耀明，都坐在台下看完了整场演出，只是相对低调。

那仍旧是纸媒主宰的时代。那天晚上，这仍只是一场震惊红磡的演唱会，但隔日的港台报纸，争相以显著的版面，报道这次出人意料的盛况——「摇滚灵魂，震爆香江」、「中国摇滚，席卷香港」、「红磡，很中国」，吸引了香港各界的关注，特别是文艺界。人们试图去理解，这一切如何发生？就像一九六九年，由四个名不经传的年轻人发起的四十五万人的胡士托音乐节一样，让人感到不可思议。

在其后数不胜数的分析中，达成统一意见的是，这是一场是来自广袤且陌生北方的「真实」力量的胜利。那时的香港，作为华人娱乐业当之无愧的中心，红磡体育馆见证了无数偶像的升起，台上挥洒魅力，台下如痴如醉，仰望着那不需打光、自带光环的明星。而这场事先从未被预料过的演唱会，则是意料之外的例外，却撕开了一条细细的口子却透进了罡风，近乎完美的商业生态链条被破坏了，让人们相信，他们有力量承当真实，也渴望真实。对于本土的音乐人来说，也未尝不是件好事，当商业听见人们灵魂深处爆发出来的、肆无忌惮的呼喊的时候，何尝不会也有所战栗摇动，而在感召之下，他们也觉乎有所希望，在寄居于商业之下，惯于戴着脚镣跳舞的声东击西或微言大义中，可以有信心尝试自我挣脱，毕竟在不断的跳高触碰之中，界限和观念，都会跟着水涨船高。

因为「真实」，本就是生命力的来源。

---

1 黄秋生在微博中声明，当晚他虽然在场，但是并无剥衣狂奔的举动。文中所述为网络传闻，因其内容有趣，故录于此。

◇

眨眼之间，突然十年便过去。在二〇〇四年，第一个九四红磡数上了十的周年里，何勇说：「张楚死了，我疯了，窦唯成仙了。」这十年间，「魔岩三杰」里，张楚淡出了乐坛，不再发片；窦唯被毫无意义的娱乐版纠缠良久，回到中国古典音乐的怀抱，在自己作品中亮嗓的时候越来越少；何勇纠缠于命运和药物之中，成为了一个有着小肚腩、外表庸常的北京大叔。

在一场采访里，窦唯干脆地说：「那次演出没有纪念的意义。」

黄耀明和刘以达一起，在红磡开过了纪念达明一派廿周年的「为人民服务」演唱会，创立于上世纪末尾的独立厂牌「人山人海」声势不错。在不久后，新世纪的大陆追星族，给自己起了一个新的名字，叫做粉丝，「四大天王」成了上个世纪的传说，选秀明星风头正劲。内地电信营运商的「彩铃」业务崛起，合力推动着网络歌曲横行其道，大街小巷播放的，是杨臣刚的《老鼠爱大米》、庞龙的《两只蝴蝶》。

内地的地下音乐，在这十年间，也经历着缓慢的转型。「摇滚死了」，老炮渐凋零，而土壤有别的新生代，对于崔健那一代对口号和理想的执迷，终究难以吸收消化。他们开始关注一种更为脆弱更为耽美的音乐的可能性，要让音乐如他们想过的生活一般，在生冷的硬核外包裹一层甜蜜的糖霜，独立音乐的纪元拖着步子快要到来。

在这年的夏天，My little airport 的第一张专辑《在动物园散步才是正经事》被口袋音乐引进，获得了不少处于尴尬断层里的青年的注意。大学还未毕业的阿 P 和 Nicole，用吉他、Casio 玩具键盘和不复杂的旋律，独立完成了这张专辑。在同名歌《在动物园散步才是正经事》里，主音 Nicole 干净的粤语女声唱道：「我间中，仍会想我们会见面，在那间红磡近黄埔的商店。……我都曾写你，在每天的日记。但放弃你却再，再没可能梦想，像一个沉闷的独唱。」

或许是因为歌名奇怪得可爱，或许是在抑郁的夏天，酸甜可口的声音都像雪糕一样让人无法拒绝，My little airport 像一阵来自港岛清新的海风，征服了一部分死硬派，也不知怎么轻轻跳出了小众的圈子，通过网络的二级、三级传播，被更多的人听到并喜爱，也被口味更加主流的听众轻松地接受。「在动物园散步才是正经事」成为了一句接头暗号，被地下音乐中转向的青年挂在签名档上，也让乱入的主流听众，对这一类型的音乐积累起了兴趣。

My little airport 作为一支独立、小众，并且使用「粤语」的乐队，在大陆听众中达到这样的影响力，着实让人吃惊。更值得注意的，如果说十年前，「魔岩三杰」是赋予了「红磡」这个词在「摇滚」历史上的地位，将它和「真实」、「疯狂」、「神话」联系起来，那么在十年后，My little airport 则在歌词中，把「红磡」复位成歌词中并无深意的地名，履行它本身指代地点的职能，虽然阿 P 和 Nicole 肯定并非有意为之。但这对于中国音乐来说，代表着另一个尚且隐秘，却意义重大的转折点。

同样是来自于地下，摇滚是硬核的，这不仅在歌词、曲调、台风上，更体现在最深深处的主心骨——观念上，摇滚注定是反叛的、激昂的、混乱的，在过去的九十年代，它占领了大陆主流音乐的高地，并能以此为根据地进行辐射，有着强硬的、无可抵挡的感染力，正如九四红磡那场演唱会的证明。而以反叛、激昂、混乱为生命源的摇滚乐，进入主流之后，只会在生命源上慢慢枯竭，最后衰落；「魔岩三杰」九四的神话以及随后爆发的商业成功，也正是加速衰颓的号角。更不堪的，是把精神沦落为一种姿态，披上个人奋斗的正能量外衣，在其中苟延残喘。

My little airport 则是「在生冷的硬核外包裹一层甜蜜的糖霜」的水果硬糖，内核不是不坚硬，有坚持、有理想，也有大大小小的牢骚抱怨，正如 Nicole 说的，却更「狡猾」，炮弹隐藏在厚厚的糖衣之中，是品尝起来甜蜜中带着酸涩，勾人心魄。会有「我就算喜爱薛凯琪，都不及爱你的皱眉；我就算喜爱张柏芝，她都不及你咁得意」（《我爱官恩娜，都不及爱你的哨牙》）的甜蜜搞怪情话，也会有实验性的大段念白：「我们在炎热与抑郁的夏天，无法停止抽烟。我们在炎热与抑郁的办公室，无法停止写诗。我们是美孚根斯堡与白田珍宝金，金钱对于我们来说，轻如鸿毛。我们是香港最后一群缺乏社交技巧的诗人，我们是演奏家、思想家。我们是迷失在森林里的旅人，在同样不仁慈的善良与邪恶之间，与潮人抗衡。我们在岭南之风、美孚之巅，在公园、电影院、商场，送别所有成长的记忆。我们喝着凉茶听着音乐，大口大口地把烟喷到天上，日出日落我们如在巴黎法国。」（《美孚根斯堡与白田珍宝金》）这些句式不由得让人想起金斯堡（Allen Ginsberg）的《嚎叫》（Howl），这也正是 My little airport 脱掉糖衣最赤裸最动人的告解——他们选择拒绝，他们不妥协。他们在都市物欲中选择理想和本心，他们在时尚潮流中选择逆流而行，他们的硬是有弹性的，是「抗衡」，所以不易碎，所以是更加绵柔却更坚硬的死硬派。他们脚踩着生长的土地，把它写进歌里，用母语歌唱，虽然要抱怨，却不试图剥离根系，也不试图在歌词里虚幻地逃离，所以有着最真挚最本源的力量。

这是时代变幻的魔力，仿佛是命运的玩弄，一九九四年的红磡记录了内地摇滚的巅峰时刻，而在十年后的二〇〇四，My little airport 对痛苦转型中的地下音乐，带来了一种启示。My little airport 告诉我们，独立音乐可以不依靠撕裂的力量，也可以打入主流音乐大众市场，并且可以更加持久地保持内核里的特立独行，甚至而言，更加贴紧地描述这个时代。十年前，我们尚且可以歌颂物质缺乏之下的挣扎和真实，但这十年间，内地的城镇化进程拉枯折朽，大城市商业化和国际化的趋势狂飙突进，也不可逆转，我们成为了同样呱呱坠地就生于利益已经取代道德成为心照不宣的主流规则的水泥丛林的一代，前代人在社会转型前的撕裂的痛苦和选择，我们终究无法体验，《时代的晚上》已经逝去，我们在情感上更亲近于在歌中念叨着身边琐事，把同学写进歌里的 My little airport，语言的沟壑毕竟比时代的沟壑，更加容易让人跳过。

◇

现在我站在二〇一四年，离二〇〇四年又过去了十年。二〇〇四年夏天对着悄无声息的贺兰山和西夏王陵，唱着《永隔一江水》突然意识到自己要做点什么的李志，第一张被口袋音乐发行的专辑《被禁忌的游戏》，也快过了十年，一直是独立音乐人的他，有了「飞机飞过天空的」的《天空之城》，有了「我们生来就是孤独」的《梵古先生》，奠定了民谣一哥的江湖地位。宋冬野的《董小姐》、阿肆的《我在人民广场吃炸鸡》的流行，使独立音乐，或者说是民谣，占领了大街小巷的公放喇叭，占领了所有的酒吧和咖啡店，不知道算好事，还是算坏事。

我们在这十年间，也重新发现了来自北方rock town，重工业版My little airport——万能青年旅馆，唱着华北平原上的普通生活，「傍晚六点下班，换掉药厂的衣裳。妻子在熬粥，我去喝几瓶啤酒。如此生活三十年，直到大厦崩塌」（《杀死那个石家庄人》），贡献了那句广泛流传的「谁来自山川湖海，却囿于昼夜厨房与爱」（《揪心的玩笑与漫长的白日梦》）。然后又在这一年，逐渐遗忘了很久未发专辑的万青。

My little airport却发行了新专辑，其中的《美丽新香港》成了《金鸡SSS》的主题曲，「这世界只有一种乡愁，是你不在身边的时候，这香港已不是我的地头，就当我在外地飘流」。在《适婚的年龄》里，终究有所告别，却也有更大的拥抱，Nicole的北漂生活，也并非无迹可寻。

下一站会是红磡吗？他们在采访里回答道，做音乐想着要「搞大」，其实是很难做下去的。并没有想要发展得越来越大，只有继续做歌才是最重要的。

香港篇（四） 奇情写人心

真的，我们是看李碧华长大的。

李碧华是谁？每次与我的同龄人提及，大部分人如坠云雾，她的本名更加显赫，「李白」。哇，提起来倒只能让人想起妇孺皆知的「日照香炉生紫烟，遥看瀑布挂前川」的唐朝大诗人。

再问他们知不知道《霸王别姬》《青蛇》《古今大战秦俑情》《川岛芳子》，纷纷举手，「从小电视台就放，不知道看过多少遍了，现在还记得挺清楚呢」。自个儿添油加醋地回忆起情节，眼神中充满了追忆年华的光彩。轻轻撂下一句，「这些故事都是李碧华的手笔」，真是得意，没有一个不吃惊的。

钱钟书推辞要上门与他结识的异国读者，玩笑道：「假如你吃了个鸡蛋，觉得不错，何必要认识那下蛋的母鸡呢？」

李碧华更加彻底，从未见过她出席这些万众瞩目的电影的宣传活动，本人照片也一律欠奉，在互联网上流传出来的，多半是某位同名台湾歌星的照片。她打心眼里，不让读者、从好奇而来的人，来睹一睹这下了数枚精彩绝伦蛋的「母鸡」的风采，至于个人的生活痕迹，也不在写的那些古往今来或是古今大战的故事里，露一丝痕迹。

但偏偏她的书，在大陆卖得也好，虽然李小姐不怎么涉于宣传。这些年来，原来可望不可及的港岛作家们，都纷纷在新浪微博上开了账户，分享自己的生活，她的新浪微博是早就开通了，数年间中规中矩地贴着自己的文章，从不与下面殷殷评论的粉丝有所互动。她自说道：「我没有微博不是『低头族』也不怎么跟内地读者互动，因为懒。我只喜欢创作，很讨厌炒作，是是非非不大理会。」

但她又要写一笔：「某日随意上网，发现有好些读者群组（吧）之类，其中有个女生真可爱，她发起『一起给李碧华写个love，凑足一万个好吗？』都是陌生人，凑一万个？其实也没实质意义，本人亦未必知道，所以我要道个『谢！』。还有人千方百计『找到《天安门旧魄新魂》了——但只是音频。求原书！』，也叫我感动。」倒是以静制动，暗地里看着粉丝们为她百转千回寤寐思服，却要说出来让你知道，倒叫粉丝哭笑不得。

出版商和媒体，给她扣上的头衔，出镜最多的，是「港岛奇女子」、「鬼才女作家」，还有个「天下言情第一人」的论定。「奇」、「诡」，是评价中怎么也逃不掉的，谁让她最为人知的，是小青竟与法海情欲纠缠，以及嫁入豪门的过气女星，通过吃堕婴制成的饺子，恢复青春，挽留婚姻呢。

她太敢写，也太能想。一般人对于不能至的，就一揽子成为「奇」，却也是智力上的怠惰。

◇

长大后，才有能力，自己去找来她的文字看。小说和电影，仍是差了改编的一道坎，面目便是大相径庭，虽然大多时操刀改编小说的正是她本人。

看《青蛇》，叙述主角是五百年道行的小青，一路自陈心事，顺带着把白蛇、许仙、法海与小青的四人纠缠，一一细细勾勒，借着小青的自家言说，把个人心理一一揣度得细微。多了些前因，也多了些后果，白青二蛇俱是误吞了那吕洞宾的七情六欲丸，才要为爱情昏天黑地至死方休；法海不是那不讲理非管他人私事的铁面无私，他也有自己的欲，他「要的是许仙」；白蛇熬尽千年，出了那雷峰塔，仍要搭上那拎着黑伞、手抱书刊的少年，因他面目如百年前一般俊秀。

毕竟不比电影篇幅有限，小说的余地，使她多了太多功夫来铺陈描画。文字毕竟更能拆肉见骨，再拆骨见心。不见了白娘子的报恩心善，而是追逐有皮相的男人的所谓「爱情」，苦苦维系所谓「婚姻」的穷形尽相；不见了许仙的忠厚老实，是贪恋美人自投和事业自成，但又介怀旁人目光，平日里画眉海誓，真到关头全无信任就此自保的懦弱狡黠；不见了法海的极尽人憎的毫无人情除妖铁面，是当做敢当欲证大道，却仍囿于情欲因而以公谋私的有瑕肉身；不见了小青的为白蛇不顾一切的自我奉献，而是在情义、妒意、疑惑、自我之间来回打跌的微妙。

在我看来，李碧华写的是鬼魅妖精、旧事演绎、奇情骇事，实则是借着一支犀利如手术刀的笔，沿着蜿蜒肌理，解剖开来，是光天化日寻常事，却也是相见难堪世人心。

这也或许正是她文字最大的魅力所在。在网上见到，有她的粉丝如是总结道：「心水李碧华，妙手写人心。」

她的文字是锋利的，容不得作为作者不敢深入的懦弱，或是些许臆想的圆满。

至今遗憾的，是《霸王别姬》电影的结局。中年蝶衣着了粉墨，和他心心念念的大师兄重登戏台，面对着空无一人的戏楼，排演「霸王别姬」这一出他们戏内戏外演了几十年的戏，而在戏里虞姬本该挥剑自刎的时刻，蝶衣是真就挥剑见血，坠于台上，换来一声段小楼撕心裂肺的「蝶衣」。身死最为残忍，而不圆满吗？演了一生「霸王别姬」的蝶衣，最终在台上作为「虞姬」真的挥剑，仍旧是「生旦当场团圆」的圆满，是电影这场大戏的圆满。

而在我心中，却不如小说版。蝶衣、小楼俱已苍老，小楼嗓子嘶哑，蝶衣少了一根手指，前者在香港孤独偷生，后者重进了京剧团，不再登台，成为了艺术指导，而在蝶衣随团访港的日子，小楼去找了蝶衣。两人平静地谈这些年来各自的经历，蝶衣说着北京的变迁，小楼添上以往的记忆对照。蝶衣到临头，却仍逃不过菊仙骨灰的话题，更逃不过小楼那句「我——我和她的事，都过去了。请你——不要怪我」，在这双方俱老物是人非的场合，本应该是「抬抬手就过去了的关头」，这一句，小楼把心一横揭露了蝶衣「他过去的感情，却是孤注一掷全军覆没」，蝶衣心想，「这一个阴险毒辣的人！」

二人登台这幕，发生在「北京京剧团」香港末场演出结束后的舞台上。电影里血溅戏台的那幕，确凿发生了，却在蝶衣的幻想中。小楼撼醒忘记了戏已唱完的蝶衣，蝶衣惊醒，「灿烂的悲剧已然结束。华丽的情死只是假象」。而蝶衣此刻想的却是，「太完满了」，对着师哥吐出一句，「我这辈子就是想当虞姬！」

蝶衣随着京剧团回北京。小楼在港岛独自生活，「家国恨，儿女情」，皆是恼不到他了，而最让他烦心的是看屋工作结束，主人收回了楼宇，他在此「便无立锥之地」，而老北京上海常聚的澡堂「浴德池」，也已改名更张。

多可怕，又多现实。至于此处，多么的深情缠绵自我奉献，都成为过往云烟一场幻梦，再执着的「一辈子是一辈子。差一年，一个月，一天，一个时辰，都不能算」，不过仍旧是痴人说梦。

◇

身在港岛，她的写作自然离不开本土，有《胭脂扣》和其他短篇小说为证。在她有关于「前世今生」的小说中，香港也总承担着故事转折点和新场景的作用，例如《潘金莲之前世今生》，例如《凤诱》。

而把「香港作家」作为她的身份标识，则有点狭隘。在两地尚且遥远的时代里，她就带着忍不住的窥望，把对于当时大陆的认识，写在纸上。而与小说的虚构文体构成对立的是，她更为关注的是大陆的现实社会，而不是将其只当作虚构的故事背景，情节是曲折荒诞的，但作为细枝末节的时事人情，则是格外真切。在《烟花三月》里，她索性不再用小说手段，而是采取了人物特写非虚构的方式，记录一位曾被骗去做慰安妇的年老妇女，一心寻找她三十多年前因冤案被下放至东北边境劳改营，自此不知下落的老伴的现实故事，而她也作为主体，参与到故事之中，文本中保留了她多方设法、动员各界的曲折。

李碧华承接了唐传奇和三言两拍的血脉，虽然她仍旧是都市的，但在文学上，没有与文化传承相割裂。也正如写尽魑魅魍魉、妖鬼狐术的蒲松龄，李碧华穷尽前世今生、阴阳两界，也仍是写不尽世道之诡变、人心之曲折。

台湾篇（一） 小清新之岛

「小清新」这个说法，最早诞生于对于Indie Pop的描述。Indie Pop，即独立流行音乐，作为一个音乐流派，起源于上世纪八十年代的英国，以旋律简单、风格清新为特征。

土生土长的「小清新」的发芽，来得要缓，而内地第一次了解到这个词，来自于后来被归纳为「小清新」风格的本世纪初台湾青春电影，以及其中必不可少的indie风格的配乐。

不同于上个世纪《牯岭街少年杀人事件》的黑色、《童年往事》的灰暗、《青少年哪吒》的躁动，二〇〇二年上映的《蓝色大门》，开启了台湾青春电影的新纪元。其中的青春，是迷茫的、波动的，核心情节也牵涉到边缘性的青春问题，但总体表现出来仍旧是纯净的、明媚的，有着如同蓝色一样忧郁中不失温暖的色调。

这部电影在台湾刮起了强烈的风潮，其后，通过杂志、网络的推介，也流传到了大陆，有了自己的一批规模不小的拥趸。

并没有在原片中作为配乐的陈绮贞的《小步舞曲》，拍完后被导演易智言听到，觉得和电影的主题分外契合，配上电影的剪辑，作为了宣传时的主题片配乐。因其凝练感人，在网络的拥趸中广为流传，让更多的人知道了《蓝色大门》，也让更多对台湾独立音乐从无概念的大陆青少年，在周杰伦蔡依林之外，第一次听说了陈绮贞的名字。

陈绮贞本人，也和因《蓝色大门》受到追捧，而还未命名的朦胧「小清新」联系到了一起。更或许她本就在宣传照片中常年拿着木吉他，穿着碎花裙子，一头长发垂下的形象，软绵甜蜜的唱腔，「还有多少回忆，藏着多少秘密，在你心里我也许只是你欣赏的风景」的顾影自怜的歌词，本就和「小清新」的概念相得益彰。而不要忘记，「小清新」这个概念，本就来自于她所属的音乐阵营。

而「小清新」真正的壮大成势，则是在一段漫长的铺垫之后。日本岩井俊二的电影（《青春电幻物语》《燕尾蝶》），村上春树（《挪威的森林》《海边的卡夫卡》）、吉本芭娜娜（《厨房》）的书籍；欧美的以 Owl City、Belle & Sebastian 为代表的 indie 音乐；台湾以《九降风》《海角七号》为代表的不断涌出的青春电影，以苏打绿、熊宝贝为代表的清新系乐团；以及大陆原生「小清新」音乐的开始发力：牛奶咖啡（《越长大越孤单》）、邵夷贝（《大龄文艺女青年之歌》），不断推进「小清新」的阵线，使之成为更为广泛的风潮。「小清新」开始成为一种身份标签，类似于「嬉皮士」或者「小资」，同时也成为一种囊括吃穿住行的生活方式。

◇

在一定意义上，大陆的青少年亚文化的领域，一直存在着缺失。而上个世纪末作为欧美青少年亚文化代表的摇滚乐，在进入大陆后，由于语言和内容较高的门槛限制，难以广泛地流传，其青春反叛的姿态，也被时代赋予了太多意义，被吸纳进入受众较为狭小的精英文化，并不为青少年所广泛接受。而「小清新」的传入，大部分来自语言文字同根同源的台湾，在基于网络的流传中，也不断被大陆网民进行基于内地的内容缩减和涵义的扩大，为「小清新」建立了一套简单却涵盖生活种种方面的规范：穿棉布裙子，戴银镯，热爱情感化的阅读，听民谣，崇尚简单却精致，保持明媚且微有痛感，以及，致力过上以旅行或流浪为中心的生活。

「小清新」注定诞生于商业密集和城市化走向成熟的都市，它不是田园牧歌，而是生在繁华的水泥森林间却近似一无所有，试图逃离却仍不得不归来的「波希米亚」。而逃离，不过注定了只是一种姿态，它是对商业社会的声明为背叛的短暂游离。

台湾比大陆更早进入这样的进程中，故而步伐已经变得慢而平缓，故而在台湾，「小清新」已经从青少年亚文化被整个社会所吸收，甚至不需被认真地视作一种对抗主流的力量，它已经被吸纳改编，成为多元思想来源之一。而在大陆，在更为激烈快速的社会文化转型中，主流文化对于青少年亚文化，注定会采取对抗、排斥的形式，而难以平缓地接受消化。

自然，台湾社会的儒教传统，营造了或许更温柔敦厚的社会语境，而更往前追溯，台湾文化未尝没有「小清新」的土壤所在，毕竟一向留下了柔软细腻的形象。杨念群认为，一些台湾本土作者，本应更加严肃的历史写作，显然也是可以用后来的「小清新」为之冠名的。况且，已经进入较为成熟的商业社会的台湾，社会矛盾或许仍是潜流下尖锐暗暗涌动，而在表层，社会成员之间保持着相对融洽的气氛和生活状态，自由闲散的生活被允许，而甚至也被文艺作品歌颂，这无疑是大陆「小清新」在一定程度上向往的理想生活。借着文艺作品的东风，台湾成为内地「小清新」手持书碟朝拜的圣地，或是幻想中体验短期逃离的乌托邦，近乎理所当然。

自然，不能天真地以为，台式「小清新」就是最为天然去雕饰的。以《海角七号》为例，「小清新」在一定意义上，成就了台湾文化业挟裹旅游业的共同双赢。「小清新」本就相对淡薄的反叛精神、独立思考意识，又在大的整体「清新」的社会背景中被同化、被无声地消弭，这对于社会文化的自我更新和探索，或许并不是件绝对有益的事。

◇

「小清新」并不是完全无所作为，并不只是一个「苍凉的手势」。一些内地草根环保NGO的组织（尤其厦门等地），受到了「小清新」集体意识的鼓舞，台湾「小清新」文艺作品中夹带的对于社会较边缘议题或人群的思考，虽然大多以「小清新」的方式较浅地表达过去，仍对大陆为数不少的「小清新」群体产生了启发，从而在更广义的社会层面渗透扩散。在某些意义上，它和上世纪末的哲学潮一样，虽然参与的大多数不过只是模仿「姿势」、追逐潮流，而总能些许体现出人们到底匮乏什么、需求什么。

而值得警醒的是，在大众文化的传播中，是如何把尚有挖掘、发展空间的思想，通过建立起复杂繁琐的体系，而实际上简化为仪式化的「姿势」，语录化的语言，情绪表达的主导，实际上被商业化同质化。《练习曲》中的「环岛骑行」，本是个探索与环境、陌生人交往的个人独特行为，实际上这部电影被浓缩成「环岛骑行」的浪漫「姿势」，「环岛骑行」成为体现自己身为「小清新」的仪式，一群人上路享受证明自己情绪的正确感，而并非是敞开自我、体验陌生。而大理、昆明、西藏，也被要体验「生活在别处」的「小清新」攻陷，「去大理」、「骑行川藏线」，沦为同样的自欺欺人的「仪式」，背后的推手是商业利益，不能禁止，但自身对于小众身份高贵冷艳的想象和实际上对于主流的趋同的结合，只能扭曲自我，而并非超越。

而「小清新」标签之于台湾，一方面自然该怪罪「姿势」分子和简单粗暴的「刻板」印象定律，另一方面，则要担心过度重复难以辩解以致自我确认。毕竟，这里有过罗大佑的《爱人同志》，有过胡德夫的《美丽岛》。也该看到，1976乐团努力找寻「失踪很久的钥匙，原来就一直在你口袋」，他们说，「并不想成为谁的指南针，也许你该学习相信自己的方向感」（《方向感》），Tizzy Bac不愿做治愈系而成为牢骚系，把伤口血淋淋地撕开给你看却不知道怎么办之后，多年之后写下了「这世上，有种摧毁导向建造。狠下心，得让一切步上轨道。伟大，从此可能」（《这是因为我们能感到疼痛》），而《蓝色大门》的「我们会成为怎样的大人呢？」，在《女朋友男朋友》中答道，「你曾说我是世界上唯一愿意为你吃苦的人，但其实我们都在自讨苦吃」。

也唯有时间可以沉淀。

台湾篇（二） 纸上窥前身

有好几个曾经的高中同学，去台湾交流半学期，在社交软件上迫不及待地发回了她们对台湾的一切想象的印证：一张五月天高雄跨年演唱会的门票，附带着在现场以遥远高亮的舞台为背景，自拍下的大大笑容；戴着常常在电影里露面的机车头盔，假装正在驾驶一台静止的机车；去与碰见的每一扇「蓝色大门」合影留念，不忘配上那句台词：「我们会变成什么样的大人呢？」以及少不了的一〇一大楼、士林夜市、诚品书店，还有花莲海滩。

看着这些照片，倒有一种荒谬的时光倒错的感觉。大概我太古早，认识的台湾都来自于泛黄的纸页，是白先勇《孽子》里的「棕榈，绿珊瑚，大王椰，一丛丛郁郁蒸蒸，顶上罩着一层热雾」、青春鸟儿四处飞扑的台北新公园，是朱天文笔下「有黑甜之香瀰漫，蛇样的藤物吐放着白兰花」的十分瀑布，却不曾是提供生活在别处的软绵背景板，不曾是短期体验文艺且舒适的理想生活的应许之地。

或许也因为，识得（或自以为识得）最多的，是世纪末的台湾面目。虽然明明只是自以熟悉的陌生人，也要厚着脸皮，学九斤老太太说一声：「年轻的时候，天气没有现在这般热，豆子也没有现在这般硬；总之现在的时世是不对了。」

我对台湾的印象，大都建立在二〇〇一年出版的「三城记」小说系列的台北卷上。它取朱天心的小说《蒂凡内早餐》作为书名，由王德威所编，着力要呈现「世纪末，小说台北」，虽然得来得偶然，读得却尚且认真。

坦白说，好奇心是第一驱动力。小说之前读得不多，虽然在机缘巧合之下，读过挺多「伤痕文学」；而对于台湾的文学，则寥寥只知道琼瑶和三毛的名字；至于更偏文学性的小说，脑海里只剩下一片空白。

而这是我读过的第一本台湾文学书。「世纪末台湾文学集张致与感伤，华丽与荒唐于一炉」，这本中短篇小说集，便是微缩于纸上万花筒般的熔炉，大开眼界之后，虽然如今仍旧记得的，也只剩下几篇，冲击仍大。

最喜欢的，却是其中相对最不摩登的《古都》。朱天心以「难道，你的记忆都不算数」开篇，学生时代结伴游荡的台北，和现时孤身重访面目全非的台北，不断在记忆中彼此撕裂。带着女儿一起游玩过的记忆中的京都，和为等旧友重聚而羁旅的京都，不断在记忆中唱和。百年前的县志记载、陶渊明的《桃花源记》、川端笔下《古都》的千重子，不断在文本中穿梭，是来自历史的招魂，也是文学的。

她书写的虽是城市的断裂，但我看见的，是文字上的传承。我更熟悉的以「伤痕文学」为主流的大陆文学，控诉的伤痕大多来自断裂，而他们只能选择，用一种同样断裂的话语体系来控诉这一切，大部分并不自知，于是大半成为了一种无能为力的苦兮兮，脉络仍旧是隔断的。由于历史原因，远安大海之南的离开大陆者，阴差阳错之下，却将脉络传流保存下来，特别如朱家三姐妹这样的眷村一代，闽南口语文化和日本文化的侵蚀是少的，更不论毕竟有胡兰成这样的老师。

这像是在平行世界打开的同一个时光存档，从而也有着不同的书写路径所提供的对照记。革命叙事的缺乏、儒教血脉的留存，时常让我们认为台湾的文学是温柔敦厚的、缠绵的，就像是邓丽君的歌曲。罗大佑和胡德夫总被我们选择性遗忘，而更为现代主义甚至后现代主义的书写，则被归入耽美和消费主义一类，忽视了内核的沉重和先锋。

台湾的现代性进程比我们更早进入相对稳定的局面，而注定了书写题材囿于都市，难以涉于生死暴烈之间。但这并不意味着，所有的探索，都成为了无病呻吟毫无意义。世纪末这个名词是属于都市的，象征着后现代主义和感官主义的滥觞，迷惘和前卫成为关键字。

朱天心的《蒂凡内的早餐》，写懒得关心政治爱情，只愿为自己买钻石的职场 OL；在《世纪末的华丽》这部书中，朱天文则以一组小说来写世纪末社会各层人们的百态：沉迷漫画的暴走少女，用香料和时装构筑自己的生活的 model，玩无线电呼号的中年大哥。以浮华疏冷来描刻浮华疏冷，其实或许是更为贴近社会的方式，也未尝不是另一种关怀。

更突破性的，是集体对边缘性社会议题的关注和思考。纪大伟的《嚎叫》，则切实触碰到死之苍凉，以自身 queer 的身份，书写艾滋，这世纪最让人恐惧的病症，先锋且坦然，虽然对于艾伦·金斯堡和旧金山意象的反复提及不免过于耽美。《荒人手记》中朱天文则假托同志男教授的身份，对于 queer 身份和艾滋，进行了后现代意义上的重新建构，则上升到对于身份认同，对于现代社会政治、文化架构的诘问。

只是当此地的人们默许成为小清新的应许之地时，前身也便如青烟般消散在人们的记忆之中，虽然仍会驻留在纸上。

于是抄下《古都》的结尾：「这是哪里？——你放声大哭。婆娑之洋，美丽之岛，我先王先民之景命，实式凭之。」

后记

不知不觉，距本书港版的出版，已快有两年了。

很开心这本书会有机会通过上海三联书店，和更多的读者们见面。感谢最初促成此书出版的香港三联书店、新鸿基地产，也感谢我的港版编辑张佩儿小姐。在此也要格外感谢上海三联书店的职烨编辑，对于本书中需随语境转换而加以解释的名词，逐一耐心指出。本书的简体版的得以面世，是殊为仰仗她的。

成书时，我刚满二十岁，故而，如今再看其中狂妄跳脱的一些文字，是颇为羞愧的。也请诸位读者大人多为包涵体谅。实际上，重新翻开书，我已不再记得那些自己写过的字句，我似乎和你一样，成为了这个二十岁的熟悉又陌生的年轻人的读者，去尝试着在这些并不是非读不可的文字中，去感悟自己要的感悟，去了解自己不曾了解，却终将遗忘的事情。还好，这个年轻人还算真诚，还算努力着要让文字稍微不是那么无趣。我不讨厌她，这就不太坏。而你呢？我很好奇。

感谢你阅读完了这本书，或许会看到这篇后记，或许不会。我只是希望，我们都能和这个似乎要一直住在文字里的年轻人好好说声再见，然后，继续走各自需要前行的路。大概没有多少人知道，Beyond广为人知的《喜欢你》这支歌，会有一版名为《忘记你》的国语版本，而我想，这正是人生的A面和B面。投入和遗忘，都是勇气，这是努力生活过的人们，给予我们的最宝贵的教育。却也期待，来日山高水阔，有望相逢。

图书在版编目(CIP)数据

那个下午你在旧居烧信/李佩珊著.—3版.—上海:上海三联书店,2017.6
ISBN 978-7-5426-5728-2

Ⅰ.①那… Ⅱ.①李… Ⅲ.①散文集—中国—当代 Ⅳ.①I267

中国版本图书馆CIP数据核字(2016)第255094号

那个下午你在旧居烧信

著　　者/李佩珊

责任编辑/黄　韬
特约编辑/职　烨
装帧设计/李嘉敏　汪要军
监　　制/姚　军
责任校对/张大伟

出版发行/上海三联书店
(201199)中国上海市都市路4855号2座10楼
邮购电话/021-22895557
印　　刷/上海盛通时代印刷有限公司

版　　次/2017年6月第1版
印　　次/2017年6月第1次印刷
开　　本/890×1240　1/32
字　　数/100千字
印　　张/8
书　　号/ISBN 978-7-5426-5728-2/I·1172
定　　价/46.00元